Les reflets du hasard

Du même auteur

Scandales ! Scandales ! Scandales !, J.-C. Lattès, 2008.

Tout est musique, La Librairie Vuibert, 2012.

L'enfer aussi a son orchestre, avec Pierre-Emmanuel Dauzat, La Librairie Vuibert, 2015.

Moi aussi j'ai vécu, Flammarion, 2020.

Juste avant d'éteindre, Éditions du Rocher, 2021.

Pour Tommy, dessins de Bedřich Fritta, Éditions du Rocher, 2023.

Hélios Azoulay

Les reflets du hasard

Roman

éditions du
ROCHER

Éditions du Rocher
28 rue Comte Félix Gastaldi – BP 521 – 98015 Monaco

www.editionsdurocher.fr

ISBN : 978-2-268-11084-4
EAN Epub : 9782268110981

toc toc toc

toc toc toc

J'ai collé l'oreille à la porte. Mince, y'a Mozart. Ça cogite. Il aime bien Mozart pour travailler. J'aime pas. Trop majeur. C'est de la musique pour trottinette.

Toc Toc Toc Toc

Come in!

Papa, Papa !
Regarde ! Regarde, j'ai inventé les lettres décimales.

a,5

Ils vont me demander une histoire. C'est certain, c'est le minimum, ils veulent tous ça. Un début, une fin, un milieu, *Et tutti quanti* comme disait mon grand-père. Il prenait l'accent, mais il connaissait pas grand-chose sur l'Italie à part la façon dont ils conduisent sur l'autoroute en déboîtant sans prévenir, une collection d'insultes sur la Madone, et le Panettone qu'on partageait dans le camion. *Pas besoin de couteau, vas-y avec les mains.* J'arrachais un morceau comme si je déchirais un bout de coussin. *C'est pas meilleur que la gelée des Rosbeefs, peut-être!* (ça, c'était pour mon père) *C'est bon,* Puttana Madonna! *Hein, mon grand?* Ok, les Italiens conduisent n'importe comment, mais ils ont inventé le gâteau le plus réconfortant du monde.

Personne ne lit debout. Vous êtes assis. Vous avez le livre entre les mains, vous venez de le prendre, et tout se déroule sans que l'éternelle averse des faits qui pleuvent sur terre s'interrompe pour autant. Vous avez pris ce livre et les planètes ne s'arrêtent pas de grincer, ce n'est qu'un geste de plus dans ce qui arrive mine de rien, dans ce qui arrive dans l'incalculable somme de ce qui vous arrive, sur la ligne brisée de tout le hasard inévitable que vous convoquez sans le savoir, que vous avez l'art innocent d'invoquer à l'aveugle. Vous avez pris ce livre et il vous arrive où vous arrivez. Comme un miracle sans mobile.

Je l'ai écrit.

Je l'écris.

Je sais comme vous que le temps ne repasse pas, je sais ce que je vous vole, mais je ferai de mon mieux, je laisserai ici des éclaircies, une source ou deux pour se rafraîchir, quelques petites phrases qui devraient rembourser les heures confisquées. Prenez ce livre, il doit faire un centimètre et demi d'épaisseur, ce n'est pas une question de poids, lisez-le, j'y suis, c'est ma voix. Prenez ce temps, faites-moi confiance, j'ai été éduqué à l'ancienne par mon grand-père. Quand il parlait des écrivains, c'était autre chose qu'à l'école, *Le temps donné ne se retrouve pas, mon grand. Celui qui écrit un mauvais livre t'escroque des heures que tu ne ressusciteras jamais. Écrire un chef-d'œuvre, ce n'est pas seulement une question de génie, c'est d'abord une question de courtoisie.* Il parlait droit devant, c'est la route qui l'inspirait. Je passais mes vacances avec lui dans le gros camion Calberson. J'avais pas le droit, son patron savait pas que j'étais là, mais mes parents étaient d'accord, surtout ma mère. *C'est mon unique fille unique adorée !* On était au-dessus de toutes les voitures. Je pouvais toucher les toits comme si je caressais la tête d'un petit chat. De là-haut, on parlait de tout et de rien et de Baudelaire qui était dans la boîte à gants. *Les Fleurs du Mal* présenté par Jean-Paul Sartre, livre de poche 677, texte intégral, imprimé en France. Sur la couverture : Ektachrome Giraudon. Je croyais que c'était le nom du peintre. C'étaient deux dames, toutes nues, presque, on voyait pas tout à cause d'une petite feuille qui dépassait d'un bouquet de roses et de machins, au niveau du truc de celle qui est allongée.

Hypocrite lecteur, mon semblable, mon frère, je sais pertinemment ce que je te demande de dilapider, je connais la valeur de chaque gramme, de chaque laps, de chaque centime d'existence que je troque avec toi. Et je te jure que j'ai fait mon possible pour te rembourser d'infini. Non seulement par politesse, mais parce que mon grand-père m'a aussi appris ce qu'est la vie. Il m'a montré précisément où on est, toi et moi.

Toi et moi, on est au volant d'un immense camion, museau d'argent, incisives de fer, et on veut freiner mais ça marche pas, ça freine pas, tu peux pas ralentir. Tu peux klaxonner, tu peux jouer toutes les trompettes vissées sur la carlingue, ça sert à rien. Avec 38 tonnes de Playmobil dans la remorque, ça freine pas, ça pousse au cul. Tu freines, ça freine pas. Il me montrait avec les pédales, *Voilà la vie, mon grand ! Tu freines, ça freine pas !* Ça faisait un peu peur sur l'autoroute, sauf qu'avec 38 tonnes de Playmobil, Pépé, les filles d'Ektachrome Giraudon et du Panettone, c'étaient les plus géniales, les plus magnifiques, les plus *Cool Raoul*, les plus trismégistes vacances du monde.

Je me tais.

Ça commence.

Laissez-vous faire !

dans les nombres

Mardi 20 h 50, le hasard n'a rien de mieux à faire que de passer à la télé.

EuroMillions, ça s'écrit comme ça. Avec Millions collé à Euro. Et la majuscule à Millions surtout, pour faire moins misérable. Parce que millions minuscule, c'est pas Millions majuscule, c'est pas la même chose. Tout ça, c'est pensé. *La majuscule, ça fait rêver plus grand.* C'est une idée des créatifs. Ils coûtent une fortune mais le génie n'a pas de prix.

Excitation. C'est le mot. Société d'Excitation. Voilà aujourd'hui. Aujourd'hui, on ne nous vend plus que du désir, on ne nous concède plus que le droit d'être éternellement à deux doigts de jouir en nous rebattant, inassouvis jusqu'à l'évanouissement, la nonchalante polyphonie binaire du plus minable chant des sirènes, *Hein ça te plaît. Ça te plaît oui. Ça te plaît hein. Oui ça te plaît.* C'est ce que je pense, nous sommes consumés. Il faudrait que je l'écrive, ça ferait une cinglante page de lucidité. Pas plus, pas besoin de se laisser pousser la barbe d'Abraham Lincoln ou de faire une thèse de doctorat. Juste un article. *La Société d'Excitation.*

Cette semaine j'ai joué.
88 Millions. Ça, c'est de la majuscule.

Laisse tomber Guy Debord, j'ai fait une grille à 2,50 euros. Je fais toujours la même. 8, 9, 17, 24, 44, et les deux étoiles, 3 et 8. Ce sont de beaux chiffres, n'est-ce pas, c'est ma suite. Je devrais la déposer. Comme une marque, un hermétisme nouveau, une liturgie dont je serais le seul fidèle, le seul clergé, la seule ouaille.

88.
Deux fois l'infini qui se relève. Normalement, c'est pour moi. En tout cas, si Dieu existe, c'est le moment ou jamais de prouver qu'il mérite sa majuscule.

Parfois je me dis qu'il faut arrêter de croire à ces chiffres, que je devrais oublier ma suite et lâcher cette stratégie, que je ferais mieux d'en jouer une autre, que mes chiffres attendent peut-être même d'être abandonnés pour tomber, et que Dieu est ailleurs que dans les chiffres, qu'il n'y a rien à espérer de tout ça, aucun signe, aucun enseignement divin, qu'un jour j'en jouerai d'autres et qu'ils ne tomberont quand même pas et peut-être qu'un jour ils tomberont, mais qu'il n'y a rien à entendre là-dedans, aucune harmonie des sphères, rien, que tout ça c'est du bordel en conserve. C'est la seule chose à laquelle je crois. Peut-être.

Dimanche matin à la radio, j'ai reconnu la voix d'un type que je n'ai pas reconnu, *Le hasard, c'est la pudeur du divin*. Il a raison, je confonds la chance avec le hasard. C'est la chance qui passe à la télé, le hasard fait moins de bruit. La chance ne porte pas les mêmes robes, c'est pas le même décolleté. Mais on ne va pas disserter, on n'est plus à l'école, les Presses universitaires peuvent m'oublier. Les pauvres, ça va mal ! Quand tu en es à déglinguer la forêt amazonienne pour publier *La Gouvernance d'entreprise*, *La France périurbaine*, *La Psychomotricité*, *Les Épistémologies constructivistes* et *L'Histoire de la circoncision*, c'est la fin. Ils auraient dû m'appeler avant ce vortex, je leur aurais fait le *Que sais-je ? Gagner au loto*.

Et vous savez quoi?

Ils jouent pour perdre, presque tous. Pour ne

pas gagner. J'ai regardé, il y a une chance sur 139 838 160, c'est impossible, ils le savent. Ils jouent pour perdre. Pour allaiter l'ensevelie tendresse de perdre. Chaque semaine, ils se rassurent, investissent docilement dans l'inchangé, le calme plat, remettent une pièce pour être à l'abri de la catastrophe du hasard. Il n'y a rien de plus doux que de perdre au Loto, rien de plus logique, rien de plus naturel. Tu joues, tu perds. Ni déshonneur, Ni injustice. Pas de révolte, pas de protestation, merci, au revoir, à la semaine prochaine. Et aucun membre de l'aimable foule n'engueule Dieu, n'exige quoi que ce soit. Au contraire, ils rendent grâce à la contractuelle reconduite d'un monde livré sans preuve. Tant que le hasard n'existe pas, Dieu n'existe pas encore, et c'est mieux comme ça. Ce qui rend cinglé celui qui gagne, ce n'est pas le pognon qui lui tombe dessus, c'est la brutalité de la chance, c'est ce hasard qui te désigne juste toi. C'est ça qui assomme. C'est trop gratuit de gagner, la preuve est trop lourde, ça n'a pas sens, c'est irrationnel. Ce n'est pas ce que tu gagnes qui rend taré, c'est ce que tu perds, c'est de perdre de douter. Parce que maintenant tu es obligé de donner une réponse, tu es obligé de lâcher du lest. *Pourquoi moi ?* ça remplit trop toute la tête, donc tu sacrifies une réponse pour que la question te foute la paix. Mettre la main sur la réponse, c'est ça qui rend dingue. L'homme devient fou si tu lui retires son *Peut-être.*

Le hasard, c'est la pudeur du divin. Vraiment pas mal. C'est ouvragé pour une vérité qui tombe de l'arbre. Ça, c'est tout à fait l'homme. *L'animal qui s'épuise avec des phrases,* disait mon grand-père.

J'ai regardé un reportage sur les grands gagnants du Loto. Aucun signe d'un rapport étroit avec la chance avant ça. Des gens admirablement normaux avant d'intégrer la troupe des foudroyés turlupinés par le cosmos du *Pourquoi moi?* Ils ne le disent pas vraiment, ils ne le formulent pas, mais au fond d'eux-mêmes, ils pensent qu'ils ont mérité de gagner, que c'est logique. *J'ai commencé à travailler à 16 ans, j'en ai 52, j'ai suffisamment donné.* Il avait fait carrière à la Fédération française des pompes funèbres, *J'étais harcelé sur mon lieu de travail, les pompes funèbres c'était toute ma vie, j'étais à deux doigts de me suicider, et j'ai gagné.* Il y en a d'autres qui se bricolent une destinée sur de l'inframince, *C'était le jour de mon anniversaire* ou *J'étais à découvert* ou *On était en train d'acheter une maison avec ma femme,* etc. Et maintenant cet heureux monde passe sa vie dans la flotte, la vapeur et les huiles essentielles, *Avec ma femme, on est à la retraite, on s'est offert un abonnement aux Thermes marins, on ne fait pas de folie.* Le type se faisait masser, allongé sur le dos, on lui gondelait le ventre comme de la pâte à pizza. Mais le meilleur du groupe, vraiment inoubliable, le plus Maupassant de tous, s'appelait *a choisi de garder l'anonymat* et s'était mis à collectionner les pièces de 5 centimes. Il en avait une d'Allemagne qui valait 12,36 euros, *C'est presque deux cent cinquante fois la valeur de la pièce ! Elle est de 2002. Vous voyez le D au pied de la branche de chêne, c'est très recherché.* Chaque pièce reposait dans une petite capsule transparente. Il s'était offert du matériel de professionnel. Toute sa collection de pognon cryogénisé était rangée dans de grandes mallettes d'aluminium à présentoirs en velours rouge. 11 étages de pièces de 5 centimes. 385 pièces par mallette. Il en avait un mur entier. Il les recomptait, les vérifiait plutôt, tous les vendredis après le départ de sa femme de ménage, *C'est vite volé !* Il y passait le week-end. À la loupe sur ses 5 centimes, recommençant au moindre doute, sursautant à chaque éraflure oubliée, astiquant chaque empreinte de ses doigts, *C'est plus fragile qu'on ne l'imagine.* C'était sa passion. Il n'avait plus besoin de travailler, il avait tout son temps, c'était inespéré de pouvoir offrir à sa petitesse toute la grandeur qu'elle méritait.

Il était totalement épanoui, sa femme l'avait quitté, ses enfants ne voulaient plus le voir, il était heureux. Il s'était mis à la chasse. Mais moins pour le plaisir de tuer que pour celui d'interrompre la grâce. S'il pouvait flinguer une biche en plein bond, c'était l'idéal. Un peu comme de se promener sur la scène de l'Opéra et pouvoir faire des croche-pattes aux danseuses. Tu lui aurais prêté un ou deux *Lac des cygnes*, on aurait évité quelques carnages en forêt. Il a acheté une Porsche jaune, en direct, assis dans la bagnole, la porte ouverte, en regardant la caméra. Il a fait semblant de résister, *Je crois que je vais la prendre*. Le vendeur a regardé la caméra, *Je vous comprends, Ah! Ah! Ah!* Ça fait du bien, on le comprenait chez Porsche. Il lui a envoyé le même rire, *Ah! Ah! Ah!* La caméra le regardait. Il a regardé la caméra. Heureusement qu'elle était là, cette caméra. Heureusement qu'on était là.

Je connais un type qui s'est étouffé avec sa langue en riant. Dans un restaurant à Montauban. Le président du Lions Club. À table, il avait interrompu tout le monde pour un solide moment d'humour, *Un jour j'ai vu un oiseau, il avait une bite comme ça!* Il est mort en avalant sa langue. Opticien à Montauban. Au menu, c'était Roulade de porc farcie au gouda et bacon. Un repas pour la Journée de dépistage du diabète.

Samedi minuit, Jimmy'z Monte-Carlo. À la télé, la Porsche canari sortait pour la première fois en amoureux avec son maître. La voix off a planté une phrase cruciale, *Monaco ! Notre grand gagnant passe désormais ses vacances au cœur des nuits de folie de cette gigantesque machine à rêves.* Il était rougeaud de sa virée. Petit, il était tout maigre, mais aujourd'hui il avait atteint une circonférence où la chemise slim se porte à tes risques et périls. C'était *Cliffangher* au niveau du bide. On aurait entendu les boutons hurler si y'avait pas *I will survive* à fond. Devant lui, pour 2 700 balles, un petit bâton à étincelles faisait de son mieux pour magnifier un magnum Dom Pérignon flouté. Sur ses genoux, Karyna, Biélorusse désintéressée de vingt-deux printemps, commentait cette folie pyrotechnique, *Whouuuuuuuuuuu !* Impossible de savoir ce qui sauterait en premier. La tête de *l'anonymat*, le bouchon de champagne, Karyna ou les boutons de la chemise.

Sur mon épaule, Jiminy Cricket prend une voix de vieux sage pour m'inoculer une dose de moraline, *Et l'élégance, mon bon ami ? 88 millions sur un compte en banque ne met personne à l'abri d'avoir l'air d'un plouc. L'élégance, mon cher. Toujours et avant tout, demeurer élégant.* Heureusement, il me restait une poignée de vrai,

Et tu penses, mon coco, que j'ai l'air d'un dandy avec 417 euros de découvert ? Tu sais, si ça ne te dérange pas, je vais quand même tenter de gagner. Quitte à avoir l'air d'un con avec 88 millions, autant que ce soit moi.

dans la vie

Je suis au chômage mais je peaufine ma démission. J'ai un roman. Le titre. *Pendant ce temps, la mer.* J'écris comme je peux. J'ai l'impression de retourner à l'école pour être un cancre. Ça me change.

Je m'intéresse à la critique littéraire.

Arthur Rimbaud, *Une Saison en Enfer.*
1,0 sur 5 étoiles.

Vu le titre je m'attendait à lire de l'action et de la guerre, parce que j'ai entendue que cet auteur avait été marchand d'armes. Même s'il y a quelques images sympa au niveau poétique, je n'ai pas compris le message de l'auteur. (Morgane)
Je ne suis pas satisfaite de mon achat, la qualité n'est pas au rendez-vous. Je ne le recommande pas. (Toutoune67)

Au risque de scandalisé plusieurs pour moi c'est un gros bof . Ridiculement petit et inintéressant, je les mis de côté , je pense qu'il sera pour la poubelle bientôt, dommage! raté! (Jibbé)

Si je pouvais être aussi décevant que Rimbaud, ça me suffirait amplement.

au Diplomate

Vous faites quoi demain si vous gagnez 88 millions ? Je ne connais rien de plus fertile que de lancer le patron du *Diplomate* sur un sujet de ce genre.

Moi je vends l'affaire et je me casse ! Un expresso ?

Parfait, merci beaucoup. Et où est-ce que vous partez ?

N'importe où. Je prends un billet d'avion, là où il fait beau, je m'en fous. D'ailleurs, d'abord je me casse. Je revendrai le bar au retour, on verra. Et je donne un ou deux millions à mon frère, à ma sœur, pour que tout le monde soit à l'abri, puis j'achète une belle cabane à mes parents. Ma fille aussi, je lui mets des sous pour ses dix-huit ans. S'il me reste 50 millions ça me suffit largement jusqu'à la fin de mes jours. Mon ex-femme, vaffanculo, *elle a qu'à demander à son nouveau jules. Mais vous alors ? Vous posez toujours des questions. Qu'est-ce que vous faites si vous gagnez le gros lot ?*

J'en sais rien, je crois que je m'achète une œuvre d'art, une grande toile magnifique, aux enchères, un Pollock. Ça peut monter jusqu'à 50, 60, 70 millions. Parfois plus.

Porco Dio, *70 millions le tableau ! Elle est en or, ta peinture ?* C'est Dino qui a sursauté. Il était là tous les matins. C'est un Romain, le patron est napolitain. Deux philosophies irréconciliables pour la cuisson des pâtes. Ils étaient arrivés la même année en France, presque cinquante ans. J'étais un *ragazzo* pour eux.

Je sais pas comment décrire, il mettait ses toiles au sol, il faisait gicler de la peinture dessus (je n'avais pas prévu l'art contemporain ce matin, je me suis attaqué par surprise, aucune ligne de défense). *Le pinceau ne touche jamais la toile* (pitoyable, le dripping pour les nuls).

Mais ça représente quoi ?

(attention sable mouvant) *C'est de l'abstrait, c'est comme des taches, mais c'est profondément lyrique.*

60 millions pour des taches lyriques, il s'emmerde pas le Polak ! Et si Pavarotti, il se torche le cul avec son mouchoir blanc, c'est une tache lyrique aussi ?

C'est vraiment impossible à décrire, y'a pas de mots là-dedans, c'est un génie, il faudrait que je vous montre (je suis parti dans tous les sens), *on dirait du chaos mais c'est un boulot de fou, il a vomi sa douleur sur les toiles, c'était un dingue de jazz, il picolait trop, il est mort dans un accident de voiture, c'est horrible* (une plaidoirie sur une plaque de verglas).

De la douleur et des types qui vomissent, j'en ai tous les jours. Revenez un peu avant la fermeture, on mettra une nappe par terre comme votre copain. C'était l'argument de la rencontre.

(j'ai dit n'importe quoi) *Ses peintures, c'est un labyrinthe d'infini.*

Moi l'infini, je vous le trouve pour beaucoup moins cher que ça, faut pas déconner !

Tu me remets un allongé, s'il te plaît patron. Le temps que le café de Dino coule. 25 secondes de rien. *C'est quoi votre livre, là ?*

C'est Shakespeare. Hamlet.

Hamlet aux champignons ?

Dino l'a repris, *To be or not to be !*

C'est la grande faiblesse du génie, ça. Shakespeare, Vivaldi, Van Gogh, etc., ils finissent tous au supermarché, tous pareils. Une vie pour extirper le rythme pur d'une vérité, la paix d'une mélodie, la chair d'une couleur, et un siècle plus tard, si tu cherches Bizet, il est entre Biactol et Bonduelle. C'est peut-être de leur faute, à travailler jusqu'à la démence l'art de concentrer le geste, de précipiter le monde, au sens chimique, dans l'étroite éprouvette d'une œuvre. Ou alors, c'est la postérité qui se venge. Ça ne m'étonnerait pas d'elle, vu le stock exponentiel de ratés qui la compose. Je crois que les pires, c'est les mélomanes. Ils jettent Mozart avec les épluchures, à la fosse commune, et deux siècles plus tard ils font du chocolat avec. Et Beethoven qui symphonise à l'aveuglette pour un monde de sourds, le pauvre. *Pom'Pom'Pom'Poooom!* Le génie, ça finit en jingle. Ou pire, en hymne. Lui, c'est la double peine.

Le patron devait changer le fût de Heineken. *The rest is silence*, Acte V, scène 2. Facile à traduire.

à la télé

La musique est débile. On est censés danser ? BONSOIR À TOUTES ET À TOUS, SOYEZ LES BIENVENUS POUR LE TIRAGE EUROMILLIONS DE CE MARDI SOIR. Je ne sais plus son nom. Une brune aux cheveux longs, de grandes boucles, les seins enchâssés dans le haut d'une courte robe noire un peu stricte. Jambes nues, pas de talons, pieds joints. Elle se frotte les mains comme si le studio n'était pas chauffé. Elle est là depuis des années, tout sourire, inchangée. À la télé, ils finissent par fondre le masque sur le visage. AUJOURD'HUI LE JACKPOT ATTEINT UNE TRÈS BELLE SOMME. Un bruit de sabre laser vient cisailler toute cette sornette sonore.

88 952 574 €

REGARDEZ, PLUS DE 88 MILLIONS D'EUROS. EMPOCHER AUTANT DE MILLIONS VOUS SIMPLIFIERAIT LA VIE À COUP SÛR. J'IMAGINE QUE TOUS LES JOUEURS QUI NOUS REGARDENT SONT IMPATIENTS DE DÉCOUVRIR LE RÉSULTAT DU TIRAGE DONC JE NE VAIS PAS VOUS FAIRE ATTENDRE PLUS LONGTEMPS. Derrière, le décor c'est Paris by night, Champs-Élysées, tour Eiffel & Co. VOYONS ENSEMBLE LES NUMÉROS ET LES ÉTOILES QU'IL FALLAIT JOUER CE SOIR. Au milieu du grand plateau, deux grandes sphères transparentes. La première à gauche tourne déjà. Gros plans sur les boules numérotées. De 1 à 50, alignées, dix par compartiment, immobiles, attendant la chute. Elles tombent. CE TIRAGE SE DÉROULE BIEN SÛR SOUS LE CONTRÔLE D'UN COMMISSAIRE DE JUSTICE. Ils sont montés en grade ces connards d'huissiers. Ça y est, tout ce monde de chiffres se fait secouer dans le gros tambour du hasard. Comme dans une machine à laver. *Ok, silence maintenant.* Un clapet s'ouvre au pôle sud, une boule, prisonnière d'une petite cellule de plastique. LE PREMIER NUMÉRO ARRIVE. La boule tombe. Un toboggan, un second. Comme les tonneaux dans *Donkey Kong*. LE **9**.

Eh! Pas mal! DEUXIÈME NUMÉRO. Même truc avec la petite boule. LE **17**. *Pas mal, pas mal!* TROISIÈME NUMÉRO. Je me concentre à mort. LE **24**. *Eh putain, génial!* QUATRIÈME NUMÉRO. Je me suis collé les yeux sur l'écran. Du calme, du calme. **44**. *Attends putain merde putain!* CINQUIÈME ET DERNIER NUMÉRO. *Putainputainputainputainputainpu* C'EST LE **8**. *Putain j'ai tous les numéros c'est pas vrai, attends c'est pas fini c'est pas fini.* À GAGNER JE VOUS LE RAPPELLE UN JACKPOT DE PLUS DE 88 MILLIONS D'EUROS. *Ouais ouais ouais, allez on y va c'est pas fini.* Les étoiles maintenant. Gros plan sur l'autre sphère. Les boules jaunes. Deux rangées, six boules plus six boules. Ça bascule. Ça tourne. Musique de merde mais on s'en fout. DÉCOUVRONS MAINTENANT LES ÉTOILES DE CE SOIR. *Allez vas-y putain putain.* Je ne sais pas si je suis vraiment impatient. LA PREMIÈRE ÉTOILE. J'ai jamais tremblé comme ça. IL S'AGIT DE LA **3**. *Putain putainputainputainputainputain.* LA DEUXIÈME ÉTOILE. *Aaaaaaaaaaaaaaaaaaaaaaaaaaaaaah.* EH BIEN C'EST LA **8**. *Putain* mais c'est pas vrai *Putain Putain* c'est pas vrai j'ai gagné j'ai tous les numéros c'est mes numéros *Putain* il est dans mon portefeuille le ticket il est dans mon manteau il y a le ticket dedans j'y vais il y est le portefeuille dans le manteau et le ticket il y est je le prends je laisse tomber le portefeuille je vérifie le petit ticket d'argent *Putain* je vérifie je vérifie la date *Putain* je vérifie encore *Putain Putain* les chiffres c'est bon les étoiles c'est bon c'est bon attends fais voir la date *Putain* c'est bon ok juste les chiffres encore *Putain* c'est bon 8, 9, 17, 24, 44 et les étoiles fais voir *Putain* 3 et 8 *Putain Putain* je croise *Hamlet* sur le canapé même Shakespeare pourrait pas écrire ma tête ce que j'ai là ma tête maintenant avec ce ticket ce qu'il se passe là ce qui arrive là ici il n'y a qu'un seul mot qu'un seul mot et je défie le monde entier d'écrire la vérité de ce truc qui me tombe sur la gueule qui m'arrive qui me tombe dessus qu'un seul mot *Putain* je vérifie encore *Putain* les numéros c'est bon le 8 le 9 le 17 le 24 le 44 et les étoiles attends c'est bon 3 et 8 c'est bon et la date c'est ok c'est ok c'est aujourd'hui pas de problème normalement *Putain* c'est moi 88 Millions d'euros presque 89 combien elle a dit précisément déjà j'ai oublié enfin 88 *Putain* j'ai gagné j'ai gagné au loto *Putain* j'ai gagné au loto *Putain* et je défie tous les écrivains de trouver le mot pour dire tout ça je défie tous les écrivains du monde Rimbaud ferait comme moi il dirait pareil d'ailleurs ce n'est pas moi qui parle c'est simplement que c'est le seul truc qui sort de ma bouche *Putain* c'est le seul mot qui concentre tout parce que là et personne ne peut le décrire il se passe un truc imprononçable comme Dieu comme les quatre lettres en hébreu ça ne se prononce pas *Putain* je ne vais quand même pas me mettre à crier *Tétragramme Tétragramme*

dans le journal

C'est moi.

EUROMILLIONS : J-3 POUR LE GAGNANT QUI N'A TOUJOURS PAS RETIRÉ SON GAIN. C'était la une. J'ai lu, vite fait, pas tous les mots, pas besoin.

> *Tic-tac les soixante jours presque écoulés l'heureux vainqueur tirage EuroMillions plus que trois jours récupérer le jackpot 88 millions d'euros le billet validé toujours à la recherche du grand gagnant une fois la date limite pourra plus récupérer son lot remis en jeu prochain tirage pas rare que les joueurs oublient semble être le cas de ce jackpot quelque peu étourdi impossible de le retrouver puisque la validation est anonyme vainqueur jusqu'à vendredi pour se présenter et réclamer son gain* in extremis *date fatidique*

J'étais pas seul dans le journal.

UN SDF ALCOOLISÉ PROJETTE UN UNIJAMBISTE EN FAUTEUIL ROULANT SUR UNE CENTENAIRE. Chef-d'œuvre ! Quand je pense à tous ces nuls qui cherchent l'inspiration.

en enfance

Ça a duré 104 ans, d'ennui, 104 multiplié par 365 matins, midis, soirs, harcelé d'heures qui pèsent des jours, criblé de secondes interminables, 104 ans sage comme un menuet, assis sur une chaise à œuvrer pour un butin de bonnes notes, pour le demi-sourire d'un maître d'école, pour la demi-grimace distraite de mon père enfermé dans son bureau à renâcler d'exister, asphyxié de livres, de philosophes ensevelis de jargon, impartageables avec la vie que je rêvais de voir se déplier un jour en fête, un événement, un voyage, un truc, Disneyland, n'importe quoi, une surprise, tout sauf ce conservatoire où on m'a inscrit parce que Papa vénérait une *Sérénade* totalement ringarde de Britten, *J'ai eu le bonheur de le croiser par hasard un jour à Londres pendant mes études, nous nous sommes souris,* tout sauf ce cor dans lequel je soufflais, ce morceau de cuivre en forme d'intestin que je faisais péter le plus fort possible pour faire chier les voisins, pour que ma mère ouvre de temps en temps la porte de ma chambre, pour une engueulade au moins, pour pas la voir uniquement cramer comme Mercure au Soleil pour mon père, pour voir autre chose dans ses yeux que son culte pour son astre funèbre et invivable, pour entendre autre chose que ses lamentations ou ses Alléluia quand mon père parvenait à écrire un paragraphe qui promettait de renverser le monde et qui ne renversait rien, qui me donnait l'impression d'une chasse à l'ours où tu ramènes une poule, et qui nous lisait sa page au dîner dans un roulement de tambour et dont on ne comprenait rien, dont le miracle dégonflé se faisait grignoter par le tic-tac de l'horloge de cercueil de la salle à manger, et tout ça pour un jour y arriver, à l'université, et pourquoi pas à Oxford, et tout ça pour ne pas y arriver finalement, et avoir tout dilapidé pour une collation cruciale chez madame Marie-Thérèse, reine des connes qui disait *Adieu* au lieu d'*Au revoir*, pour un apéritif chez un militaire à la retraite, le général Laudon, je me souviens de son nom, ou un restaurant, toujours le même, *J'ai réservé à La Roxelane*, où je devais me tenir impérial et droit comme leurs conversations de nœud de cravate, tout ça pour entretenir le feu de son grand projet de carrière pendant que je m'évaporais dans l'écho de mon silence, annulé de force pour assouvir sa passion de la politesse.

C'est bon pour l'enfance, ça suffit. C'est pas qu'on pardonne, c'est qu'on arrête de se râper à en vouloir.

Mon père était si poli que ses cervicales lui avaient déchiré la nuque. Il a raté sa vie par politesse, il a raté sa mort par politesse. Aux soins palliatifs, l'infirmière a présenté ça de façon gentille, *C'est dans le cadre d'un projet Culture à l'Hôpital, on a ici un guitariste et un danseur. Est-ce que vous voulez qu'ils viennent vous faire un petit spectacle dans la chambre ?* Je reniflais le minable. Requiem avec le soutien de la Région Île-de-France, moi j'aurais dit non mais mon père a jeté ses dernières forces dans un antépénultième oui qui n'a pas manqué d'en faire trop, *C'est une très bonne idée, chère madame.* L'infirmière nous a aidés à le redresser sur le lit. Les deux subventionnés sont entrés. Le guitariste a transposé la joie de ses cheveux filasses dans la *Sarabande* la plus protestante qu'on trouve sur le marché. Bach ne s'était jamais emmerdé à ce point. Guidé par le dieu de la danse AfroModernJazz, les pieds du Barychnikov local faisaient couic-couic sur le sol en lino. Il s'est approché du lit de mon père en bougeant ses bras comme la trompe de Dumbo.

J'avais envie de le gifler. J'aurais dû le gifler. Il lui a touché les mains, ses dernières mains, celles que je n'ai pas osé prendre, celles que ma mère embrassait. Et on a dit merci. C'est nous les cons. Le danseur éco-responsable chorégraphe contemporain metteur en espace engagé pour une solution à deux états non binaires nous a expliqué que c'était important d'être en interaction avec les malades. Dans un concept vegan de résilience participative, il faisait danser les anorexiques sur la musique du film de *Virgin Suicides*. Si j'avais dit *Fils de pute*, mon père en serait mort. J'aurais dû. Après tout, il était là pour ça.

J'ai appris tout seul à faire du vélo. Le temps de mon père était trop précieux. L'unique part de camembert qu'il m'accordait était consacrée à m'apprendre l'anglais. Ça consistait à pointer le monde du doigt. Pendant que ma mère se préparait, juste avant d'aller au parc, il désignait chaque élément anatomique. *The saddle*
The wheel *The chain, The pedal*
(ça c'est pas dur) *The spokes*
The brakes, les freins.

au Diplomate

Le patron devenait cinglé. Il arrêtait plus. Le souffle continu. *Si j'apprenais que c'est moi,* mamma mia, *je crois que je me fous en l'air, vous imaginez? vous avez perdu le billet? ou alors vous avez pas vérifié, vous êtes pas au courant que c'est vous ? en même temps si vous êtes pas au courant, il vaut mieux, parce que si jamais vous vous rendez compte que vous avez perdu, là vous vous foutez en l'air, ou imaginez vous avez perdu le ticket, vous savez plus où vous l'avez mis, là, je me fous en l'air vraiment, si je le retrouve pas, c'est sûr je me fous en l'air, je vois pas comment tu peux t'en sortir après ça, honnêtement il m'arrive un truc comme ça, c'est pas possible, par contre faut être un vrai con pour perdre son ticket, ou alors le type est mort, il a regardé le tirage et il est mort d'une crise cardiaque, là c'est l'horreur, et imaginez le type a des enfants et les enfants sont pas au courant, ils ne savent pas que leur père a joué au Loto, qu'il avait gagné, ou pire!*

ils retrouvent un jour le ticket de leur père, dans sa veste par exemple, ils vérifient et ils se rendent compte qu'il avait gagné, là ce serait vraiment l'horreur.

Je l'ai relancé, *Et si c'était un type que vous connaissez ?*

Si c'est un type que je connais, ce serait vraiment horrible, mais ça dépend, si c'est quelqu'un de ta famille, un ami, ou juste une connaissance, si c'est une connaissance, ça ne change pas grand-chose, vaffanculo, *si c'est un ami c'est plus emmerdant, mais je me demande comment ça se passe avec un ami qui gagne au Loto, je me demande si c'est pas plus compliqué, parce que même si c'est votre meilleur ami, il pourra pas s'empêcher de penser que vous êtes là pour le pognon, parce que si vous allez au resto avec lui, vous allez trouver normal qu'il paye, c'est comme ça, en même temps si c'était moi qui gagne, bien sûr je paye mon coup, on se fait un bon resto, une bonne bouffe, du bon vin, tu fêtes ça mais uniquement avec les super proches, parce que si vous mettez tout le monde au courant, tu dois voir de ces connards se pointer, ok c'est normal d'offrir une fois ou deux, mais bon, de là à toujours casquer pour tout le monde, faut pas déconner même si bon*

Patron, vous me mettez une noisette ! Un type à l'autre bout du comptoir l'a interrompu.

Tu peux pas prendre un café, non ? Cazzo, *ils me cassent tous les couilles avec leurs cocktails !*

Il a fait ça vite fait, il est revenu vers moi.

Mais pour en revenir à si c'est quelqu'un de votre famille qui ne sait pas qu'il a gagné, là c'est vraiment horrible, surtout si c'est un très proche. Il s'est arrêté. Il voulait avouer quelque chose. *Je crois que le pire serait si c'est votre femme, imaginez c'est votre femme, elle trouve plus le ticket, là c'est horrible, je sais pas ce que tu fais, à la rigueur il vaut mieux ne pas le savoir, ou alors elle arrive à garder le secret mais si votre femme est capable de garder ce genre de secret, c'est mauvais signe, ça veut dire que c'est une menteuse professionnelle, et là faut pas se leurrer, si elle est capable de dissimuler toute sa vie un ticket de Loto qu'elle a perdu, elle peut dissimuler tout le reste, va savoir si elle couche pas avec un autre cette salope, non seulement vous n'êtes pas au courant que vous n'avez pas gagné au Loto mais en plus t'as les cornes, c'est pire,* sei un cornuto, *et si elle raconte l'histoire du ticket à l'autre et le type la quitte c'est bien fait pour sa gueule,* sporca puttana, *allez va, il vaut mieux pas savoir, parce que si un jour elle te raconte tout, le type, le ticket de Loto, là tu la tues, ok pour les 88 millions, pourquoi pas, mais l'histoire avec l'autre, là tu la tues, et tu te tues après,* ciao, *je ne vois pas comment c'est possible de vivre si on te fait un coup pareil, moi je me suicide, et je tue le mec aussi, t'as plus rien à perdre, je le tue, lui et elle, et après je me tue,* Strangolo questa puttana come una merda. *L'addition ?*

J'ai mal à l'estomac. Tout le temps tout le temps tout le temps.

au téléphone

Je sais pas comment il a eu mon numéro.

c'est pas une question d'argent, Dino, c'est pas une question de riches ou de pauvres, je m'en fous

non c'est trop tard, c'était hier le dernier délai

parce qu'après soixante jours, ils remettent les 88 millions en jeu   mais non, même si je les appelle c'est trop tard, c'est samedi   je sais c'est con, mais je sais pas   je pourrais peut-être les regagner, si j'ai gagné une fois ça veut peut-être dire que je peux gagner une deuxième fois   je me fous pas de ta gueule   je me fous pas de ta gueule, Dino, je te jure   je sais pas, j'ai eu peur   enfin, peur, je sais pas, je me suis dit que si j'avais tout ça, je ferais que remplir le vide   je sais pas expliquer, c'est pas clair, j'avais simplement pas envie d'être quelqu'un au milieu de tout ce que je me serais acheté   tu comprends pas ?
c'est peut-être n'importe quoi   ok, c'est n'importe quoi, mais je sais pas, je voulais pas acheter une vie et

me planter au milieu, je veux être au milieu de moi ok, c'est de la merde mais maintenant c'est trop tard, et c'est ce que je pense. Plus tu achètes moins les choses t'appartiennent c'est peut-être une phrase de communiste mais je m'en fous, je fais pas ça pour la morale mais je m'en fous des communistes tu te souviens de Pollock, le peintre dont on a parlé une fois une fois au Diplomate, *qui se vend une fortune Pollock oui c'est pas le problème ses taches, c'est que si tu te payes ton Pollock 70 millions, c'est comme si tu fais l'aveu que rien de ce qu'il est ne t'appartient. Je veux dire que ce que je veux c'est pas posséder un Pollock mais posséder ce que Pollock possède Finalement je crois que 70 millions, c'est pas le prix, c'est le nombre de kilomètres qui te séparent de Pollock mais c'est pas de la philosophie, c'est ce que je pense ok, c'est de la branlette, d'accord Dino, je parle pas italien, je vais pas comprendre pourquoi tu t'énerves comme ça ? eh, Dino ! arrête de gueuler, s'il te plaît, allô allô, allô.* Bon.

chez le toubib

Rien de grave, ulcère à l’estomac.
Si je suis mangé de l’intérieur, qui prend du poids ?

autour de moi

Mon grand-père disait, *Il n'y a qu'au foot où on voit des milliardaires transpirer.*

On a gagné ! On a gagné ! Je sais que la victoire appartient à tout le monde mais je ne me serais jamais douté que renoncer à quelque chose dont tu ne veux pas (tu ne veux pas la coupe, la victoire n'existe pas) pouvait donner aux autres le sentiment de s'être fait voler. J'étais un voleur. J'avais volé 88 millions. 88 millions qui n'étaient pas pour eux, qui ne leur appartenaient pas, qui ne leur auraient jamais appartenu, mais j'étais coupable, j'avais piqué cet argent que je n'avais pas, que je n'avais pas pris, dont je n'avais pas voulu. J'étais coupable d'un vol que je n'avais pas commis, d'un crime qui n'existait pas, qui n'existera jamais. Coupable, et d'autant plus détesté qu'innocent. J'étais coupable d'être innocent d'un crime sans meurtre. Kafka serait fier. Je n'étais pas juif, je le suis redevenu.

J'étais interdit de café.

Le patron se consolait dans les bras d'une clientèle à qui il parlait d'amour, *C'est une ordure!* Mi fa schifo! *Ils aiment tellement l'argent, c'est pour ça qu'il l'a pas pris.* Un triomphe. Le succès arithmétique du vide s'adressant à la transparence. Parfois, je passais sur le trottoir d'en face, je n'ai jamais vu autant de monde. Ils sont pas passés loin de la grande histoire, on était à deux doigts du Putsch des Diplomates. Il paraît que le seul à me défendre, à peine, presque pas, c'était Dino, *Ça l'a fait partir en sucette, cette histoire d'EuroMillions.*

Pourquoi tu lui parles pas à ce con? avait gueulé le patron.

J'ai essayé, ça sert à rien, il est fou, il m'a parlé de son Polak!

Je vous l'avais dit, c'est un ashkénaze!

Notez l'exploit, et même la promotion pour un demi-juif qui s'appelle Bensimon. Être à moitié juif exige de toi de l'être deux fois plus. C'est ainsi.

J'ai pensé les surprendre un soir, retourner au *Diplomate* sans prévenir, pendant une de leurs séances, pour tout expliquer, mais j'ai laissé tomber. *Les mots sont bien étroits si la mer déborde,* c'est pas de René Char, c'est de mon grand-père. Ça a de la gueule, je trouve. Il avait quelquefois des sorties qui étaient de magnifiques ouvertures.

Le diabolo haine a fait exploser le chiffre d'affaires du troquet. J'étais devenu leur raison de vivre. Ils ne parlaient plus que de moi. Sauf La Poire évidemment, il parlait jamais. Il passait sa vie au *Diplomate*, à écouter, à ne rien entendre ou à sourire de temps en temps à une conversation qui ne lui appartenait pas. Il ne lui restait qu'une seule dent. Sur la gencive du bas. Le donjon de Robert le Diable. Sans vouloir vexer les gros, il était gros. Il avait un cul de la taille d'une marmite. Assis, il faisait de la peine, on aurait dit un enfant avec une bouée autour du ventre qui n'ose pas sauter dans la piscine pour jouer avec ses copains. Il avait les chevilles gonflées, des melons. Il marchait avec une béquille. Toujours habillé pareil, avec un tee-shirt Jameson Irish Whiskey, cadeau du représentant, un bas de survêtement noir et une cravate ficelle de cow-boy. Pour participer aux lynchages, il offrait de temps en temps une tournée générale. *Non seulement on n'a pas de pognon, mais en plus on va pas se priver.* (il faut que je note toutes les phrases de mon grand-père)

en enfance

J'ai gardé mon vélo rouge, *My bicycle is red.* Sur le balcon. Il penche du côté droit, il faut que je resserre les boulons des petites roues derrière. Le guidon est bleu, *The handlebar is blue*, les pédales sont jaunes, *The pedals are yellow*, les roues sont blanches, *The wheels are white.* C'est un cadeau de mon grand-père. *Made in Italy.* Mais surtout il y a l'autocollant rigolo avec la tête d'un clown, BAMBOO, avec des lettres de toutes les couleurs. Mon père trouvait incohérent qu'un vélo de fabrication italienne s'appelle ainsi, *Ton grand-père aurait pu faire attention, c'est un nom absurde pour un clown italien. Il y a un film de Fellini sur le sujet, ils auraient pu s'en inspirer.* J'écoutais, sage et triste comme l'anthracite, mais dehors je pédalais à fond en criant *Bamboo!* Pas trop fort par respect pour le cinéma italien.

Il est rouillé à cause de la pluie. Il est rose à cause du soleil. J'aurais dû le laisser à l'intérieur mon vélo rouge. Le soleil délave l'enfance. Mon génial vélo BAMBOO. Toutes les courses que j'ai gagnées avec, tout seul. C'était la folie. *BAMBOOOOOOOOOOOOOOOOOOO*

Il suffit de s'y mettre. Il a dit ça comme si c'était l'heure de commencer. Il a dit ça en regardant son grand rêve recouvert de moisi, le grand plan de sa vie recouvert de cette petite poussière tendre et verte qui me faisait éternuer quand je rentrais dans son bureau. C'est tard la mort pour ouvrir les yeux. *Il suffit de s'y mettre.* Tu savais pas, Papa ? Je ne m'attendais pas à cet accord final. L'infini, ça se fabrique, tu savais pas ? Papa a toujours été tellement assis. Ou alors c'était pour moi, cette dernière phrase.

L'enfance, c'est le grand territoire.

À l'école, je disais que mon père travaillait sur Bacon, et mes copains croyaient qu'il travaillait dans une usine de jambon. Adulte, je précisais, *Mon père est traducteur, c'est un spécialiste de Francis Bacon*, et tout le monde pensait au peintre. Je corrigeais, *Il y a un philosophe qui s'appelle exactement comme le peintre, du* XVIe*,* XVIIe *siècle,* *un contemporain de Shakespeare*. Personne ne connaissait. Je n'ai toujours pas lu les traductions de mon père. La seule chose que j'ai retenue, c'est que son philosophe est mort d'une espèce de pneumonie en bourrant de neige un poulet pour tenter de le conserver. Quelque chose comme ça.

L'enfance ne nous quitte jamais, les clowns de Fellini font peur, Francis Bacon est mort en charcutant de la philosophie. Je suis con, j'aurais dû prendre les millions et m'acheter une toile de Bacon, le vrai. Il hurlerait pour moi.

à moi

Je n'avais pas les moyens de me payer l'exil, je me suis offert la folie.

J'ai commencé la nuit, tout seul, sans témoin. Je roulais dans l'herbe. La ville avait consenti à un grand carré de vert presque au pied de l'immeuble. Je roulais comme un enfant qui roule dans l'herbe, comme un enfant qui rit de se rouler dans l'herbe, dont aucun psychiatre ne vivisectionne la joie pure, la joie fraîche, la joie pleine de terre, pleine de vert, la joie qui consiste à rouler dans l'herbe parce que c'est génial de rouler dans l'herbe. Et j'adore me lever après ça, les bras écartés, pour négocier avec l'équilibre.

On m'a vu.

Ils ont commencé par taper à ma porte. *Bam! Bam! Bam!* Le matin avant d'aller bosser. Les gamins aussi, en partant à l'école. Je les entendais courir dans la cage d'escalier. Je ne me levais même plus. Les vieux réflexes sont revenus très vite. Ils ont bavé une étoile de David sur la porte. Avec deux mots d'explication.

RAND L'ARGENT

Et j'ai pleuré. J'étais bouleversé. C'était trop d'émotion tout ça, d'un coup, de retrouver la France éternelle, la voir renaître sur mon palier en rentrant des courses, cette France que lâchement je croyais engloutie. J'ai posé mes sacs. Je te demande pardon d'avoir douté de Toi. Comment ai-je pu imaginer que Tu nous abandonnerais, que Vous nous abandonneriez ? Molière, *Mignonne allons voir si la rose*, Jeanne d'Arc, les droits de l'homme, la guillotine, Intervilles, De Gaulle, Yves Saint Laurent, le reblochon, pour les siècles des siècles. La France restera toujours la France. Cette offense dégoulinante n'est pas cher payée pour le prix de cette vérité. Il fallait partager ça. J'ai porté plainte. Tes Gardiens ne m'ont pas déçu. La police enquête de toutes ses forces pour déterminer le caractère antisémite, ou non, de l'inscription. Tout reste à prouver.

J'ai répondu.

J'ai mis ça dans toutes les boîtes aux lettres. J'ai été généreux. C'est un peu long à lire mais beaucoup moins à gueuler. J'espère n'avoir oublié personne.

On a rarement vu l'obscurité se débattre avec une telle férocité.

On a rarement vu l'inculte professer avec autant de morgue, autant de morgues réclamer autant de morts.

On a rarement vu le complice faire autant de bruit en aspirant sa cuillère à soupe de silence.

On a rarement vu autant de spécialistes prédire ce qu'il n'ont pas vu venir et disserter le détail de ce qui n'arrivera pas.

On a rarement vu la lâcheté rapiécer d'aussi vieilles excuses.

On a rarement vu autant de laisser-aller dans autant de laisser faire.

Je n'avais jamais vu la haine exiger la paix.

Je n'avais jamais vu l'horreur enterrer l'horreur par l'horreur elle-même.

Tant de colère, tant de grimaces, tant d'obéissance, la promesse de tant de crimes.

Je n'avais jamais vu autant de vert sortir d'autant de nez, autant de blanc sortir des yeux, autant de jaune d'autant de bile, tant de rouge déborder de tant de bouches. Et tellement de bleu sortir d'une âme transpercée.

On a rarement vu aujourd'hui s'écrire avec autant de passé, se graver de tant de mémoire, s'enregistrer de tant de gouffres.

Je n'avais jamais vu le meurtre jouer à chat-perché.

On a rarement vu autant d'arbitres sur un stade, et tant d'incapables courir derrière la balle.

On a rarement vu autant d'arrivistes en fin de soirée se jeter sur les fonds de verres.

Le cri a étouffé le cri, la peur a étouffé la peur, l'horizon est annulé, la parole est infectée, mais je crois toujours aux mots, au théâtre d'un petit mot. C'est là que je suis. À l'abri. Au chaud d'une phrase où vous n'entrerez jamais. Je suis imprenable. Où je vis, vous n'existez pas.

Il vous faut la tête d'un juif pour l'entendre ?

Et quoi de plus pour l'écouter ?

Ils l'ont mal pris, j'aurais dû m'adapter. C'était trop lyrique pour eux. Ça a commencé à parler. Ça enflait. *L'air de la Calomnie*. Pareil. Mieux. Plus. Pire. Tout le monde s'en est mêlé. Journaux, radio, télé. L'abcès de la célébrité. Je refusais de répondre, ils aimaient ça. Je leur cassais la gueule, ils aimaient ça. C'était la gloire et l'enfer. Le diable et tous ses laquais, l'intégralité de la boîte. Éternel employé du mois, le Comité international de la Croix-Rouge s'est associé avec la faim dans le monde. Des affiches partout. L'unique visage d'un enfant noir squelettique ayant bénévolement posé pour une photo non libre de droit éclatait sur les 4x3. Ses beaux yeux de cristal explosaient. Une simple phrase. ET VOUS, VOUS FERIEZ QUOI AVEC 88 MILLIONS D'EUROS? Des militants pour la paix sont venus mettre le feu à ma porte. Des clowns sous immunité diplomatique me bombardaient de tartes à la crème dès que je mettais le nez dehors. Des petits cons me jetaient des petits pétards, des pets de Lucifer, sur les chevilles en criant *Danse pied-tendre!* Sous mon balcon, un groupe Hare Krishna chantait jour et nuit *Hallelujah* de Leonard Cohen. Ça devenait musicalement invivable, la vie devenait invivable. Aussi invivable que si j'avais vraiment gagné 88 millions d'euros au Loto.

J'ai craqué.

J'ai obtenu un rendez-vous aux services sociaux de la Ville. Une annexe de la mairie. Tout le monde était au bout du rouleau là-dedans, de la fille de l'accueil aux fauteuils en plastique. Sur les murs, des petites affichettes étaient en burn-out. Le scotch ne scotchait plus, les punaises ne punaisaient plus. Les mots parlaient dans le vide.

SOLIDAIRE INFORMATION PROJET ACCUEIL INTÉGRATION SOLITUDE

MÉDIATION SOUTIEN FAMILLE PROTECTION DIFFICULTÉS MALADE INSERTION HANDICAPÉS LIAISON ÉCOUTE DROIT ORIENTATION AIDES DÉPENDANCE PAUVRETÉ CHÔMAGE

L'Invitation au Suicide.

Je l'ai à peine entendue, elle avait une extinction de voix. J'ai suivi madame Machin dans son bureau. Elle s'est assise. En s'emballant dans une écharpe poncho couverture à carreaux, elle a expiré un *Je vous écoute*. Il fallait y aller. J'ai expliqué. J'en ai rajouté un peu. J'ai fait semblant de pleurer. J'ai tellement fait semblant que j'ai pleuré vraiment. Je ne savais plus distinguer la comédie des larmes de la tragédie des pleurs. Toute cette flotte, ça se ressemblait comme deux gouttes d'eau. Elle a raclé quelques mots, c'était difficile. J'ai tendu l'oreille. Elle allait voir ce qu'elle pouvait faire. *Je vais vous chercher des Kleenex.* Elle peut pas dire mouchoir, cette conne.

dans la bouche

Tout ça dans un cri.

Ça ne suffit pas d'avoir avalé le soleil, Maman! (elle ne m'appelait jamais, une fois par an, pour l'anniversaire de la mort de son mari) *J'ai perdu, laissé se perdre, égaré dix romans, au moins. Je me suis à peine engagé là où il aurait fallu simplement s'asseoir et écrire sans s'arrêter. J'ai oublié, j'ai laissé s'oublier une petite foule de romans qui pourraient aujourd'hui être là, exister, me faire exister, vivre et me laisser vivre enfin avec eux, c'est-à-dire sans eux, débarrassé d'eux. Écrire c'est évacuer, tu comprends, s'évacuer de toutes ces histoires qui peuplent les parois de ma tête. Et je me dis, et je suis con, qu'il suffit peut-être de te parler, de confesser ça pour délivrer enfin quelque chose, pour réparer l'intégralité de mes inaboutissements. Mais qui m'empêche, hein? Qui est là à m'attraper? Qui est plus fort que moi?* (elle ne répondait pas, il n'y avait aucune place) *Je laisse faire qui, d'après toi ? Parce que je laisse faire. Pourtant, je suis le plus fort, je suis plus fort que toi. Mais je dors, je me laisse endormir, je me laisse éteindre entre tes mains, étouffer entre tes mains. Quand je retrouverai le chemin de mon plus grand cri, tu me lâcheras. Parce que mourir ne réfugie personne. Et par terre je reprendrai mon souffle, cette grande respiration que je mérite parce que je ne mérite pas ça. Et quand je serai revenu à moi, et quand je serai de nouveau là, tu me laisseras tranquille.* (il n'y avait que le petit souffle d'un grand silence de l'autre côté) *C'est pas vrai, ça ? Que tu me laisseras tranquille ? Que tu me foutras la paix ? Et tu n'auras qu'à chercher quelqu'un d'autre, s'il te plaît. Tu n'auras qu'à chercher autre chose à faire qu'à me gâcher. Bon sang, il y a autre chose à faire qu'à m'étrangler. Ou si tu n'existes que pour ça, ou si tu ne peux exister que parce que tu m'étrangles, alors va te faire foutre. Va-t'en, s'il te plaît. J'ai à faire, un grand truc qui s'appelle l'amour et qui te fait glousser à chaque fois que j'en parle. Un grand truc que tu dépiautes à chaque fois avec tes petits mots de médecin légiste, avec tes petits mots d'autopsie, avec ton petit rire chronométré, avec ton petit rire sec et jaune, sur ta chaise toute maigre, et toi aussi tu es toute maigre, maigre comme la sorcellerie, maigre comme une branche morte, maigre comme le petit tiroir de la parole chargée de négocier avec l'infini, maigre comme une épingle plantée dans l'œil du soleil parce que tu crois qu'on peut l'aveugler. Parce que tu sais tu sais que le soleil te regarde, hein. C'est pas vrai ! C'est le jus qui sort de mes yeux qui te brûle les mains, tes mains sales, tes doigts sales, tes mains de faux clochard, de faux pauvre, de faux triste. Tes mains, tes fausses mains, tes lames, et la sueur qui coule de tes ongles noirs. Et toute ta parole baigne dans la lumière étroite de la fenêtre de tir de ta certitude. Et tout le monde te croit. Tout le monde trouve ça brillant, tout le monde trouve que tu dis plus vrai que la vérité parce que tu empoisonnes l'air de ton monologue, de ton théâtre plus vrai que nature, de ta misérable comédie qu'ici, dans ce putain de pays, on goûte à la petite cuillère. Un jour je dirai qui tu es, tu verras. Il faudra que je dise qui tu es.* (à l'oreille, le téléphone avait arrêté de respirer) *Ce sera mon dernier mot. Mon dernier mot, ce sera ton nom. Et ce sera fini. Et ce sera beau comme la fin d'une grande pièce, beau comme dans* Hamlet, *beau comme la lumière qui reste œuvrer en silence dans le silence de la fin. Ce sera beau et personne n'osera applaudir parce que personne ne voudra gâcher ça, parce que tout le monde voudra partir avec ton nom. Et tout le public s'en ira sur la pointe des pieds, en faisant attention, sans se bousculer surtout, les mains en creux, en rond, comme un petit bol, parce qu'ils te ramèneront chez eux comme un petit poisson étrange dans quelques centimètres d'eau fraîche. Ils te regarderont en marchant. Et tu ne seras pas très effrayante comme ça. Quand tu croiras les mordre, tu les chatouilleras à peine. Et c'est comme ça que tu finiras. Dans un petit verre avec un peu d'eau. Un petit verre Duralex comme à la cantine de l'école. Tu seras toute seule. Tu pourras jouer avec personne.* (elle avait raccroché depuis longtemps)

orphelines

Le monde entier m'a lâché. Ça m'a fait cinq phrases. C'est maigre mais je ne voulais pas en demander une de plus à la bassesse.

La petitesse à la loupe ne fait pas la grandeur.

Ne désespère jamais d'un traître, il lui reste encore à trahir sa trahison.

Le noir se nourrit de lumière avalée.

La popularité s'achète ordinairement avec le dégoulinant déshonneur qui consiste à laisser son âme se diluer dans celle de sa clientèle (celle-là, elle est pour le *Diplomate*).

La haine, éternel lot de consolation.

chez lui

J'ai ouvert la fenêtre.

La nuit m'attendait calmement. Une dernière goutte tombe sur une flaque (*pizz*) qui se trouble à peine. Il ne pleut plus, ça suffit. C'est beaucoup trop grand ces immeubles. Immense. Beaucoup trop haut. Quand il fait jour il fait presque nuit dans l'allée, mais ça n'empêche pas les habitants de se baigner. Ils ont mis une piscine entre les deux immeubles, et tout le monde fait trempette même s'il fait nuit d'ombre. Les gamins sont heureux parce que les gamins sont toujours heureux avec une piscine. J'ouvre ma fenêtre. Les enfants s'éclaboussent de rire.

Je suis locataire.

C'est là que ça se passe. Dans le rectangle de quelques pièces. Et dans le rond de ma tête surtout. C'est là que tout se passe finalement. Dans le rond de ma tête, le roman de ma tête.

Parfois elle vient.

Elle prévient jamais. Elle ouvre la porte, elle a les clefs. Elle va dans la cuisine. Surtout la nuit. Elle ouvre la porte du frigo. Elle ne mange rien. Elle ouvre juste parce qu'elle trouve ça plus chaleureux la lumière du frigo. Elle a raison, c'est beau elle et la lumière dans la cuisine comme ça, elle, assise à attendre sur la petite chaise rouge. Elle dit des petites phrases que j'aime, où on peut tourner autour. Parfois je l'embrasse sur la joue, ça rebondit à peine. Puis elle part, je ferme le frigo et ça fait nuit. Je reste seul dans l'humidité du temps qui passe, dans le bruit blanc du frigo, comme un vieux bateau à moteur tout là-bas. Et ma tête s'effondre dans un étrange orient, s'enlise dans une sieste plus opaque encore que la jungle du sommeil. Un jour je mettrai en bouteille ce temps sous la vie à penser à toi. Quand je saurai qui tu es.

Tous les matins se confondent avec l'odeur du café, les Granola trempés dans le café (sans « s » à Granola, c'est une question de droit moral des biscuits). Pas en entier, un peu moins de la moitié, au tropique du Capricorne. Pas trop longtemps pour pas qu'il se casse en deux, même si les Granola font partie des biscuits plutôt solides contrairement aux Petit Beurre (sans « s » aussi) qui sont intrempables et me font déprimer une fois que j'ai croqué les quatre petits coins en faisant bien attention à ne pas abîmer le reste. Puis des deux tiers qu'il reste, tremper encore la moitié et tout avaler. C'est le goût parfait. Dans la bouche c'est parfait, on dirait le bruit du sable mouillé, quand on met du sable mouillé entre les mains à la plage et qu'on frotte. J'aime bien manger. Je suis malheureux pareil mais c'est plus mou. Granola a toujours existé, MaronSui's a toujours existé, Bounty a toujours existé. L'éternité a toujours existé. Sauf Michael Jackson. Quand Michael Jackson est mort, ça m'a rassuré. Le plus d'un homme, c'est d'être moins qu'une marque.

Souvent le soir, je me répare l'œil du jour écoulé avec les photos de Saul Leiter. J'ai presque tous les livres sur lui. Du plus petit au plus grand. Le Photo Poche *Saul Leiter*, n° 113. *Saul Leiter, Photographs and Works on Paper. Saul Leiter, Here's More, Why Not. Saul Leiter, East 10th Street. All about Saul Leiter. Forever Saul Leiter. Saul Leiter, Early Color. Saul Leiter, Early Black and White*, les deux volumes, *Intérieurs* et *Extérieurs. Saul Leiter, In My Room. Saul Leiter, Painted nudes. Saul Leiter, Haus der Photographie Deichtorhallen Hamburg. The Unseen Saul Leiter. Saul Leiter, Rétrospective 1923-2013. New York, Saul Leiter.* J'aime son œuvre désintéressée. Ses photos faites en piétinant toute une vie dans le même quartier. J'aime son dictionnaire des reflets, ça éclaire les yeux. J'aime ses femmes, la familiarité pudique de leurs regards. J'aime sa profondeur amusée, son art sophistiqué de surprendre le rythme, d'extirper le hasard de son ennui. Je l'adore. Comme un ami. Il a photographié un homme en train de s'évaporer derrière une vitre, à New York. *Package*, vers 1960. C'est un fils de rabbin, il s'y connaît en buée.

Ils ne m'ont laissé que la nuit. Je vais faire mes courses à l'heure où je ne peux plus rien acheter. Dans la lumière épuisée des vitrines, il y a tous ces trucs qui se dégonflent après 19 heures. Le monde ronfle tout doucement. C'est beau tout ça, quand ça se tait. Tout est tant rétine.

Je l'écrirai mon roman. Avec des phrases précises et tendres. Avec des phrases qui dégringolent juste. J'ai des phrases qui n'existent qu'à cause de ma bouche. J'ai mis la main sur un équilibre que la musique ne pourra pas me voler. J'ai des phrases si belles qu'elles n'entrent pas, elles viennent simplement prévenir de leur présence. Des phrases qui ont laissé un mot sur la table en ton absence. Et je chuchoterai tout ça, je viserai aussi précisément qu'à l'époque où j'étais au fond de la classe, quand je demandais un truc à un copain au premier rang, *Eh ! Tu me passes ta gomme !*

Quand ils ont construit les immeubles, quand ils ont creusé pour les travaux, en crevant le bitume, ils ont découvert le sol d'avant, plus bas de quelques mètres. Et des pierres et des murs. Un truc du Moyen Âge. Ils ont appelé en urgence des archéologues qui sont venus à quatre pattes avec leurs brosses à dents et leurs balayettes. Les chercheurs ont cherché ce qu'on venait de trouver et d'après leurs diplômes, c'était une ancienne synagogue. *Pas touche !* Le député-maire a déboulé avec son costume et un casque de chantier tout propre. Il était emmerdé pour Crevard & Fils, le promoteur faisait la tronche, mais on n'enterre pas deux fois une synagogue, pas en public en tout cas. Le conseil municipal a décidé de faire construire un puits de lumière pour que les administrés puissent admirer ce nouveau joyau de leur cité millénaire. Et ils ont mis les petits plats dans les grands. Ils ont carrément passé commande à Ieoh Ming Pei qui, vu ses tarifs mitterrandiens, a dû leur faire une ristourne. En tout cas, il s'est pas foulé, il nous a refourgué une petite pyramide en verre, la même qu'au Louvre. Il a mis deux ans à faire poser ça en une semaine. Sur le panneau historique qu'ils ont planté devant, on apprend plein de choses sur le grand artiste. *Ieoh Ming Pei est un architecte d'avant-garde en rupture totale avec les traditions du passé.* Ça sautait pas aux yeux. Malgré cet édifiant éclairage adjoint-culturel, ça n'a pas empêché le grand-rabbin d'être furieux le jour de l'inauguration quand il a aperçu sa synagogue à travers l'Égypte *en rupture totale avec les traditions du passé.* Avec son écharpe de Miss France, monsieur le député-maire a tenu tout d'abord à lire un message du grand architecte qui *regrette de ne pouvoir être présent pour cette inauguration étant malheureusement retenu à l'étranger.* C'était beau les regards échangés, toute l'équipe de la culture qui avait porté ce projet, cette complicité communale de gens qui se sentaient flattés par le mot d'excuse d'un type qui a autre chose à foutre que de se faire chier ici aujourd'hui. Il n'y avait rien à retenir du discours qui a suivi. Le maire a démoulé un truc écœurant de fraternité sur les religions de paix. Le rabbin, planqué derrière sa barbe ancestrale et souriante, a ponctué la parole officielle de plusieurs salves de *Farmakht dein pisk!* Ça veut dire *Ferme ta gueule!* en yiddish. Flatté, l'élu répondait à cette musique par un sourire d'une bienveillante laïcité. J'étais jeune, je ne suis pas un juif professionnel, mais si on m'avait confié la parole, j'aurais dit quelque chose de magnifique. J'ai essayé de m'en ouvrir à l'homme politique, mais ces animaux-là, vous êtes devant eux, vous dites des mots et c'est comme demander à une cloche de jouer une mélodie. J'étais trop timide, illégitime, pour m'adresser au rabbin. Je suis allé directement m'adresser à la synagogue. À travers la vitre. Un pigeon l'avait déjà signée. J'ai parlé, sans le savoir, sans savoir, en silence. J'imagine que c'est ça prier. *Donc nous vivons un peu plus haut qu'avant, nous marchons un plus haut qu'avant. Si je comprends bien, plus le temps passe, plus on voit le ciel de près.*

Le vieux La Poire nous a quittés. C'est l'odeur qui a prévenu les voisins. Je l'aimais bien finalement. Suffisamment pour ne pas aller écouter le curé lui gâcher ce moment. Parce que si l'enterrement est censé être le plus beau jour de votre mort, je ne vois pas pourquoi tout le monde le confie à ce genre de types. De toute façon, y'avait quasiment personne. Juste deux ou trois vieilles de son immeuble qui ne lui disaient jamais bonjour, mais qui ne voulaient pas manquer l'occasion de lui dire un dernier au revoir. Soixante-quatorze ans, tu parles ! La vie dure quatre minutes seize. Quatre minutes seize et hop, c'est fini. Le patron du *Diplomate* n'a pas pu venir, c'était pendant les heures d'ouverture.

J'ai passé des semaines à fixer ce putain de bouleau. Des mois à me pendre, à m'imaginer pendu, à m'accrocher à la branche de ce putain d'arbre. La gueule ouverte, muet comme la bulle d'un cri. Des semaines à lorgner ce bout de bois. Tellement que c'est lui qui est mort finalement, le bouleau. C'est l'arbre qui a crevé. C'est bien fait pour ce con. Plus question de se pendre, il est tout sec, la branche casserait. C'est un coup à se faire vraiment mal.

On est toujours plus seul que ce qu'on montre. On est toujours moins seul que ce qu'on imagine.

dans la nuit

Je voulais conserver la liqueur de mes rêves. Malheureusement les mots, avec ce qu'ils condensent, ruinent tout. Dans la soupe de la grande sensation, le récit coagule deux ou trois morceaux qui flottent à la surface et on s'y accroche comme à une bouée, et on raconte un truc qui ressemble à une histoire qui ressemble à quelque chose qui ressemble à tout sauf à un rêve parce qu'un rêve, c'est pas une histoire. Ça n'hésite jamais. Cette nuit, dans le gruyère de mon sommeil, il s'est passé ça dans la vie de ma tête. Je crois que c'est un grand cri dehors qui a tout déclenché, un grand *Aaaaaaaaah*. Ce hurlement est devenu le grand bâillement dans lequel je me suis engouffré malgré moi, tête et corps ligotés, vraiment ligotés à une petite série de cauchemars catastrophes qui vous feront rire. Pas moi. Voilà la nuit.

c'est admirablement de travers. Moi, à monter soi-même. Le toit inachevé en chapeau chinois. La fenêtre en porte d'entrée. Les angles droits au mauvais moment. Et un de ces vents, que la pluie fait comme poussière que les arbres dansent comme en feu que la maison tourne comme une toupie. Et ce petit truc, moi, là, qui court plus vite qu'un homme, pour arrêter cette vie qui ne s'arrête jamais   une cascade. Seul le vide dessine la chute. Et moi désespérément accroché à un tronc d'arbre terriblement miraculeusement là. C'est moi ou la chute. Je grimpe, je tombe, je regrimpe, je retombe, je reregrimpe, je reretombe. Je n'ai que mes bras. Mes pieds dansent dans le vide et giflent l'eau. Seul le vide dessine la chute   gros plan du lointain immobile au milieu d'un désert. J'apparais entre deux wagons. Disparais. Apparais. Regarde à gauche à droite. Disparais. Apparais. Te regarde. Disparais. Apparais. M'adresse au vide. Disparais. Apparais. Y'a personne. Disparais. Parfois c'est sans fin   je cours en forme de hamster. Costume noir, chapeau à la main, éternellement en retard. Ce n'est pas moi qui fais tourner la roue. C'est la roue qui me fait tourner. Je tombe sur le cul. Je glisse sur le cul. Et il paraît que les fleuves vont pour toujours   ici une tempête on appelle ça la brise marseillaise. Un vent de faussaire. Je connais le truc. Dans l'art sublime de surgir, je déboule en glissade. Me relève. Démarre une course qui me cloue au sol. M'élance dans un vide qui tombe à mes pieds et le vide ne recule pas et j'avance donc je recule. Les décors n'exigent rien le progrès progresse. Sur la droite, un escalier en plein cauchemar roule vers le haut. Mais moi je veux descendre. Je ne peux pas courir plus vite que sur place. Et je regarde derrière moi et c'est toujours pareil. Soudain, miracle d'être en bas, je vais sauter. Ou je renonce à sauter. Ou le temps de sauter et c'est l'escalier qui gagne encore. Ou je saute finalement. Et je me casse la gueule. Et c'est l'escalier qui gagne encore. Et personne n'appuie sur la pédale de frein parce qu'il n'y a pas de pédale de frein ça ferait un bon dessin animé. Une maison en pierre, trouée d'une porte qui n'existe plus. Parfois la surprise de mon ombre dans l'absence d'une fenêtre. Il n'y a pas de toit. Juste un cube en ruine et ce petit chien mignon qui veut m'arracher la jambe. Pourquoi est-ce que je suis monté, moi ? Le vertige, on verra plus tard je suis quand même musclé. Le stade est vide. Au centre d'un rond blanc, moi et la petite boule noire. Je la touche. Elle n'est pas chaude. Elle est un peu lourde. Je la fais tourner autour de ma tête dans le sens inverse des aiguilles d'une montre. Concentré dans la grimace d'un effort en déséquilibre sur un pied emporté par le poids de mon poids je sors du cercle. C'est pas dans les règles j'imagine mais je m'en fous je ne la lâcherais pas. Et ni public, ni applaudissements. Seul dans l'assiette creuse du silence c'est marqué DANGER. Comme à la foire. Un grand tourne-disque qui tourne à fond. J'y vais. Je cours tellement trop vite. Mes jambes et mes bras prennent feu. Mais impassible de la tête. C'est devant que ça se passe et devant il ne se passe rien. Paf! je me galipette la gueule je roule me cogner la tête contre le mur. Je me relève ivre. Et j'y retourne. Et je me trébuche sublime en inventant une danse drôle terrible au péril de mon esclandre

je me marie à peine. Sous une avalanche de pierres. C'est Donkey Kong? Mais no way, *pas question de s'enfuir, je reste. Je suis le meilleur au jeu d'éviter la mort. Je saute, je cours, je me jette par terre. Et ça ne s'arrêtera jamais parce que c'est mythologique et que je suis Buster Keaton ou Sisyphe ou l'autre avec son foie dont j'ai oublié le nom*

J'ai ouvert les yeux.
Mes yeux se sont refermés.

je me suis jeté du haut de l'immeuble. Quatrième étage. Je n'ai même pas eu le temps de profiter de l'air frais sur mon visage. Ça va vite. Je ne savais pas que le type du deuxième baisait ma femme. Trop tard pour

La lune, il fait blanc.
Les rêves, il fait jour.

dans sa bagnole

Il n'y a que moi sur l'autoroute. Que moi et la nuit. Que moi, la nuit et la régularité métronomique des lampadaires. Que moi et la basse profonde du moteur. Que moi et la grave musique de trou noir de cette bagnole qui espère m'enfoncer dans le piège du sommeil. Ma tête bascule. Je résiste. Ma tête bascule. Je résiste. Ma tête bascule. Je reviens. Et je m'envoie une claque. Je me réveille. Et ma tête bascule. Et je résiste à la chaleur noire et monotone de cette petite berceuse innocente et perverse que joue ma bagnole. Et ma tête bascule. Et je gueule de toutes mes forces pour effrayer l'hypnose. La nuit, les lumières, la bagnole, le moteur. C'est trop con ce genre d'accident. Tout le monde n'est pas James Dean. Je suis trop vieux pour mourir jeune. Mourir la nuit en bagnole sur l'autoroute parce que tu t'endors, parce que tu t'endors et *Bam!* tu t'endors et la mort te réveille en sursaut. J'ai tenu jusqu'à la mer.

pendant ce temps, la mer

J'ai roulé jusqu'à la mer.
Pour oublier, je suis allé me soûler dans le parfum du sable. Le brouillard tombait bien ce matin. Le sable, le vent, la pluie en fléchettes. J'étais perdu pile au bon endroit.

La mer tiède.
Plate et inoffensive. Le grand miroir à l'heure du ciel dégagé. La mer écrasée de soleil mais la mer mille fois crispée de la vague hésitation des vagues. La mer, c'est le sol mille fois recommencé.

À mes pieds, la molle vague doucement crache. Le sable suce la bave.

Froissée, la mer s'exprime.
J'ai noté cette phrase, j'aurais aimé pouvoir tout noter. Mes yeux attrapaient tout, l'œil absolu. C'étaient des mots partout. Ce n'était pas de la

poésie, c'était une grande averse. C'était beaucoup trop. Je n'ai pas suffisamment de métier pour ça. Il faut avoir lu tant d'amour pour rivaliser avec la mer.

J'aurais voulu tout rendre à la mer. La grande amnésie.

Je me suis mis à l'abri. Dans la voiture, le paysage est privé de sa musique. Derrière le pare-brise, mes yeux se sont désamorcés. Il n'y avait plus qu'un calme muet. C'était juste beau à voir. Les arbres défigurés négocient avec le vent. Les vagues se battent pour lécher le ciel. La couleur ne rattrape pas la lumière. L'eau crache sur un incendie de reflets. J'ai mis *Heathen* de David Bowie. Sa voix a tout aspiré. *In your fear, seek only peace. In you fear, seek only love.*

Si ça ne tenait qu'à moi, ça se passerait à Elseneur. Je traduirais Shakespeare. Il doit bien y avoir un hôtel *Hamlet*. Je louerais une chambre. Je veux un lit aux draps blancs, quatre oreillers qui s'accordent aux couleurs de murs divisés en deux par un soubassement en bois. Je veux une table de nuit coiffée d'une petite lampe. Je veux un téléphone. Je veux une armoire. Je veux une ancienne photographie de la ville dans un grand cadre doré. Je veux un bureau et une chaise. Je veux un fauteuil en cuir vert émeraude dans un coin, sobre, étroit mais ne manquant pas d'élégance. Je veux une lumière douce comme le miel. Je veux le silence. Je veux mettre le silence à fond. À travers la fenêtre, je veux ciel, mer et nuit. Et juste un croissant de la Lune. Je viendrais un soir. Je jetterais ma grosse valise sur le lit. Je retirerais mon manteau, mon écharpe, j'ouvrirais ma valise. Je la viderais exactement comme prévu. Tout d'abord le papier, des milliers de feuilles, que j'empilerais sur le bureau. Puis un stylo neuf, des crayons neufs, une gomme, un gros dictionnaire et mon vieil exemplaire d'*Hamlet*. Le clou de la cérémonie serait une mallette que je ferais trôner au centre du bureau. Je l'ouvrirais. Une vieille machine à écrire. Ça aurait de la gueule. Une Underwood. Je suis navré pour le bruit que ça ferait dans la nuit, mais on n'a jamais fait mieux. Et je traduirais Shakespeare. Je ferais autant de bordel que Kerouac. C'est une antiquité, chaque lettre pèse une tonne, écrire pèse une tonne, mais je taperais le plus vite possible. Shakespeare au son de la mitraille *Tac Tac Tac Tac Tac Tac Tac Tac Tac Tac Tac Tac Tac Tac Tac Tac DING Tac Tac Tac Tac Tac Tac Tac Tac Tac Tac Tac Tac Tac Tac Tac DING Tac Tac Tac Tac Tac Tac Tac Tac Tac Tac Tac Tac Tac Tac Tac DING Tac Tac Tac Tac Tac Tac*

Tac Tac Tac Tac Tac Tac Tac Tac Tac Tac DING Tac Tac Tac Tac Tac Tac Tac Tac Tac Tac Tac Tac Tac Tac Tac DING Tac Tac Tac Tac Tac Tac Tac Je ferai entendre ce que personne n'a jamais fait entendre. Je ferai entendre le texte en train de s'écrire. Les écrivains sont trop fiers pour livrer l'hésitation. Moi, je ferai entendre Shakespeare hésiter. Parce que traduire, c'est hésiter. Je ferai mieux que toi, Papa. Je traduirai la traduction.

être , ou n'être , ou ne pas , n'être pas , ou ne pas être , voilà , c'est là , telle est la question , c'est le problème , la question est là

il faut choisir

l'esprit est-il plus noble , y a-t-il plus noble noblesse , pour l'âme , de supporter les coups de l'outrageante fortune , les revers , les flèches , les traits d'un destin atroce , ou de prendre les armes , de s'opposer , se révolter de douleur , contre une mer immense d'océan , de mettre fin ?

mourir , dormir (non mort) , pas plus , plus rien , et rien de plus , c'est tout

et penser par ce sommeil terminé par du sommeil , et dire par ce sommeil dans le sommeil calme aux tempêtes que nous mettons fin aux maux , au mal , ne plus souffrir du cœur mille blessures , mille tourments qui sont le lot de la chair , dont hérite la chair , car nous sommes sujets de la chair héritée

certes , cela serait se fondre , se dénouer , se terminer , se désirer en ce point où tout est consommé , se dissoudre

mourir , dormir , dormir , rêver peut-être , par chance , qui sait , peut-être rêver

et c'est là l'écueil , le point d'interrogation , ce grand obstacle , tout est là , là , ah oui , et si ce sommeil de mort avait l'anxiété charnelle des rêves qui surgissent , la tourmente des songes qui nous viennent lorsque débarrassé d'étreinte nous rejetons notre chaos notre existence à tout ce tumulte ?

calamité de la vie , cette si longue vie

qui en effet peut supporter le poids du corps , tant de honte et de deuil , les traits et les injures du temps , les coups de fouet du siècle , et les mépris du monde les injustices de l'oppresseur les outrages , l'humiliation de la pauvreté du présent , ses gifles de nos prêtres menteurs d'un amour dédaigné , les lenteurs de la loi , l'insolence officielle des gouvernants , des médiocres , quand on pourrait soi-même en être quitte , d'un simple coup de poignard , un petit coup de pointe de dague viendrait à bout de cela , se procurer le repos avec un simple petit poignard , bien aiguisé , un coup de lame ?

qui voudra supporter ce chemin , et geindre et suer en gémissant sous ce fardeau , cette vie écrasante de vie à longueur de vie ?

c'est par peur , la terreur de quelque chose après , de quelque avenir après la mort , ce pays inconnu d'inexploré dont les frontières se referment sur tous les voyageurs , voilà ce qui embarrasse la volonté dans une perplexité de glace , et c'est ainsi que la conscience fait de nous , tous , ses lâches , des lâches , des lâches , des poltrons , des couards , des lâches , nous , tous

et d'avoir réfléchi le feu de la résolution blêmit , se décolore , projette sa pâleur malade , le doute fait des lâches qui s'étiolent à l'ombre de la pensée , et tout l'élan et tout l'envol se perdent , et l'entreprise se scrupule , se brise , se détourne , se déroute , les projets enfantés s'égarent s'inversent changent de cours , et on en perd même le nom d'action , cette idée d'action , d'action , le nom même d'action mais doucement maintenant , allons du calme , doucement , silence , allons silence , silence

Dans le rôle d'Hamlet, Mads Mikkelsen. C'est un Danois. Il est parfait avec ses cheveux à l'heure où blanchit la campagne.

en enfance

Je me rappelle assis, à l'école, en classe, quand mes pieds ne touchaient pas par terre. Je me rappelle que je pensais au jour où mes pieds toucheraient le sol. C'était dans longtemps. C'est loin. La jambe était plus petite que la grandeur.

J'ai ramené à mon grand-père un livre que j'avais trouvé dans la rue. *Money*, de Paul-Loup Sulitzer. Je lui ai demandé si c'était aussi bien que le Baudelaire de la boîte à gants. *C'est incomparable, mon bonhomme. Tout le monde n'est pas doué pour écrire aussi mal.*

Si tu veux vraiment apprendre la musique, oublie le conservatoire, oublie le solfège. Apprends l'italien. Dans la boîte à gants avec Baudelaire, y'avait un vieux carnet. *BESTEMMIE.* Blasphèmes. Toute sa collection. Uniquement la Madone. Il me faisait réviser. Il fallait mettre l'accent. *Porca Madonna!*

Puttana Madonna! Vacca Madonna! Madonna ladra! Madonna stronza! Y'avait « Bourreau d'une Madone », *Boia di una Madonna!* Il avait tout bien classé. Mes préférées venaient de Toscane. Y'avait « Madone congelée », *Madonna ghiacciata!* La plus longue de son dictionnaire était née dans le même village, à l'ombre d'un campanile bercé par l'insistant murmure des divines cigales, *Madonna vagone di riso tre volte maiala per ogni chicco!* « Madone wagon de riz trois fois salope pour chaque grain. » On rigolait comme des fous. C'était pas la même ambiance avec les verbes irréguliers de Papa. *To build, built, built. To burn, burnt, burnt.*

Quand Pépé est mort, Papa m'a appris « crise cardiaque », *Heart attack.*

J'ai pleuré sous la douche. Tout d'un coup. Comme un ballon qui crève. Comme un secret qu'on éventre. L'eau a noyé les larmes. Les yeux rouges, j'ai dit que c'était le shampoing.

Papa m'a expliqué que certains historiens prétendaient, il y a longtemps, que Francis Bacon pourrait être celui qui avait écrit les pièces de William Shakespeare, que Shakespeare n'existait pas. Que c'était Francis Bacon. Bien sûr c'est faux. Tu n'y croyais pas et j'étais d'accord avec toi, et j'ai juste dit, *C'est débile!* pour te faire plaisir, juste pour défendre Francis Bacon. Mais tu m'as grondé. Maman m'a dit de faire un peu attention. À quoi ?

Je suis trempé.

J'ai pas de capuche. Je suis traversé de postillons, imbibé de tes reproches. *On peut vraiment toujours faire mieux, Papa ?*

intérieur, extérieur

1°, j'ai foutu le feu au *Diplomate*. Pas pour me venger. Plutôt comme l'ultime écho d'une amitié déchue. Je me suis dit que le patron serait heureux de voir à quoi il ressemble. C'était un cadeau, le plus grand que je pouvais offrir, un potlach, une façon lointaine et solennelle de lui rendre le café qu'il m'avait offert il y a deux ans. C'était un couronnement. L'homme a inventé le feu, le feu a inventé l'incendie. Un père est toujours dépassé par son fils, c'est la règle. Les pompiers ont tout gâché, mais le bar était en cendres. La presse, toujours sensible à la photogénie des ruines, a fait de magnifiques clichés. C'est quelque chose à voir, l'intérieur d'un homme.

Comme moi. Comme cette vieille ferme du Sud dont les pierres s'évanouissent au soleil, comme cette vieille ferme étranglée de lierre, comme ces vieilles pierres écorchées de ronces, comme ces vieux murs crevés, comme cette ruine encerclée des grillons qui grincent, je suis à l'abandon, respirant et respiré, étouffé d'atmosphère, entouré de la tranquillité d'un crime.

2°, on m'a arrêté.

Quand ils ont défoncé la porte, j'étais devant le miroir en train d'admirer le faune que je devenais, c'était magnifique, les petites cornes étaient en train de pousser, j'avais pas fumé d'herbe depuis vingt ans au moins. Ils sont rentrés. Je dansais. Ils m'ont couru après. Pas facile de menotter Nijinsky, *Bon, arrêtez de jouer au con parce que ça va mal se passer!* Ils m'ont foutu par terre. J'ai fraternisé, *We few, we happy few, we band of brothers!*

Les mains dans le dos! Les mains dans le dos! Écarte les jambes, sac à merde! (en français dans le texte)

Ce caractère qui m'appartient, de m'envoler à peine en fixant le ciel. De me croire si haut alors qu'à ras de terre mes orteils griffent encore le sol.

3°, on m'a refilé à la psychiatrie.

Docteur Martinet. J'ai voulu nous détendre, j'ai demandé, *C'est votre nom de scène?* Il m'a répondu la plaie d'un sourire forcé. J'ai continué, *Il ne faut pas m'exagérer, docteur. Je ne suis qu'un cas.*

Personne ne vous exagère, monsieur. Quelle est l'origine de votre nom?

(je n'ai pas répondu)

Il consultait mon dossier. Il parlait sans lever ses yeux. *Vous savez où vous êtes, monsieur? Croyez-moi, personne ne vous exagérera ici, l'homme n'est qu'un homme. Et qui se ment trop souvent à lui-même. Le génie est une tromperie, l'exploit est un mythe. Vous êtes cultivé, je crois. Vous connaissez l'histoire aussi bien que moi. Corneille c'est Molière, l'Homme n'a pas marché sur la Lune, Auschwitz a été tourné par Spielberg.*

Vous vous rapprochez, docteur!

Il m'a donné cinquante arguments prouvant que je n'existais pas. Ma seule objection, ma seule preuve était invérifiable. *Je suis vivant.* Il voulait m'égarer à démontrer l'évidence, je me suis défendu. Il n'a pas aimé, il m'a stoppé, *Monsieur, vous parlez bien, je connais vos prétentions littéraires, mais je n'ai pas le loisir de vous écouter plus longtemps. Vous pouvez retourner dans votre chambre.* Je n'avais jamais rencontré un homme comme ça. Il ne gâchait aucun mot. Boulonné d'orgueil. Il travaillait à être là, très précisément présent. Suraigu et terrible. Pointu comme une aiguille sous les ongles. Présent comme un acouphène.

On m'arrache à moi.

Je suis sidéré.

C'est ces cachets de merde. J'ai la bouche grande ouverte. On me fait aspirer la peur par ce trou. Ils jettent des pièces dedans juste pour rire. La nuit, les insectes couchent sur ma langue. Je suis effacé. Il ne me reste que la sensation de quelques petits bouts de vécu, rien que les morceaux de quelques souvenirs qui prennent l'eau, rien que le lyrisme délabré de quelques heures où je prétendais vivre ou être aimé. C'est pas beaucoup, la vie. Ça existe à peine. Ça tient dans quelques minutes à parler à la bordure où tout s'éteint. *Il faut y être*. Tout le reste, c'est de l'ameublement.

b,6

tout blanc autour de la voix
qui se fâche on m'a attaché
avec des ceintures sur un lit
un marteau sur chaque tempe

laissez-vous faire   laissez-vous faire   ne faites pas d'histoires
ne résistez pas ou vous allez vous blesser   calmez-vous s'il vous plaît
si vous ne faites pas un effort ce sera douloureux   chut   bon sang
voilà c'est bien

c,5

Commence ici l'autre roman d'une même vie, l'affluent chargé d'éponger la source. Ce livre aurait pu s'intituler Les deux romans d'un homme.

la première lettre

Chère Mademoiselle, je n'ai pas osé demander votre nom au Docteur Martinet. Cependant il vous a reconnue au récit de votre visage et je suis heureux qu'il ne s'oppose pas à cette lettre. Il chargera une infirmière de vous la remettre. Je vous ai vue hier soir. Vous étiez à la fenêtre du bâtiment des femmes. Sur la vitre est venue exploser une dernière bulle de soleil. Mais c'était vous l'événement, Mademoiselle. Je ne voudrais pas vous importuner, il se pourrait que je vous aime. Je m'appelle Yves. Je n'aime pas ce prénom mais c'est celui qu'on m'a confié. Je suis ici, je viens d'arriver je ne sais pas tout à fait pourquoi. Ça fait un peu mal d'écrire mais vous êtes quelque chose, Mademoiselle. M'avez-vous vu l'autre soir ? J'ai quelques cheveux blancs qui se sont accordés à quelques rides, mais je ne suis pas vieux. Le papier est trop court. Écrivez-moi. Bonjour.

C'est un petit paquet de lettres volées par une infirmière dont le nom n'existe pas, sauvées des tiroirs du docteur Martinet.

la deuxième lettre

Cher Monsieur Yves,

Je vous remercie pour votre lettre, elle est belle, elle sent bon. Elle sent la tubéreuse et la rose. Elle sent l'helichrysum aussi.

Mais je ne pourrai pas être à votre hauteur, Monsieur Yves, car mon cœur est cassé. C'est pourquoi j'habite ici.

Je ne suis plus rien, et je me demande si c'est vraiment moi que vous avez vue. En même temps, rien, ça ne se voit pas, de loin.

Mais si c'est vraiment moi que vous avez vue, je suis vraiment désolée, je ne peux que vous encourager à entendre que ce n'est pas possible d'aimer un cœur cassé, pour qui sent l'helichrysum.

Bonne journée, Monsieur Yves

la troisième lettre

Avez-vous entendu l'orage cette nuit, Mademoiselle ? Des éclairs presque chaque seconde. Le ciel n'en finissait plus de photographier le jardin. J'ai ouvert la fenêtre. Je n'avais pas touché la soupe du soir, les légumes avaient l'air de noyés remontés à la surface. J'ai mis l'assiette sur le rebord. Il pleuvait tellement. Le potage est devenu livide. Je me suis mis torse nu. Avec le vent, mille petites aiguilles trempées ont criblé mon visage. La soupe a débordé. Je me suis endormi la fenêtre ouverte, au son de mille millions de métronomes. C'est bientôt l'heure du café. La pluie vient de s'arrêter, lassée d'elle-même. Chère Mademoiselle, je ne sais malheureusement pas ce qu'est l'helichrysum. Vous me le direz peut-être ?

la quatrième lettre

Cher Monsieur Yves,

Pardonnez-moi, je suis allée trop vite. En voulant être simple, on peut être obscur sans s'en rendre compte.

L'helichrysum est une toute petite fleur, une petite pépite jaune qui ne s'éteint jamais. Des petits soleils invincibles sous le soleil. On l'appelle aussi « immortelle ». Vos lettres en sont gorgées, vous aussi, donc.

Vous devez faire attention à vous, Monsieur Yves.

Car vous savez, si le feu ne peut brûler les soleils, le Rien, lui, brûle les soleils. Il les éteint. Et moi, je vous l'ai écrit, je ne suis plus rien et je ne veux pas vous faire de mal.

Monsieur Yves, laissez-moi vous encourager à entendre que le Rien que je suis n'est pas recommandé pour l'helichrysum.

Bonne journée. Mademoiselle Rien

la cinquième lettre

Chère Mademoiselle, le Docteur dit que je vais trop vite et qu'on ne prétend pas aimer une femme à travers une vitre. Je lui ai parlé du frisson des reflets sur votre visage, mais il a haussé les épaules. Il dit qu'il faut prendre son temps. Mais quel temps ? Ici, le temps se bave dessus et fond comme une bougie. L'infirmière dit que je devrais profiter de cette période de repos, et m'encourage à écrire en me donnant tout le papier que je désire. Mais je ne peux écrire qu'à vous, Mademoiselle. Je ne suis plus poète. La mort bivouaque sur mes terres. Je ne peux plus imaginer. Je ne peux que voir. Et je vous ai vue. Ce serait un joli nom, Reflet. Mademoiselle Reflet. Ça vous va bien.

la sixième lettre

Cher Monsieur Yves,

Je suis étonnée d'apprendre que ce Martinet parle d'amour et se fait donneur de leçons à propos d'une chose dont il est démuni.

Un conseil Monsieur Yves, fermez vos oreilles en sa présence, ses mots font des dégâts. Et vous allez avoir besoin de toutes vos forces.

Fermez vos oreilles et n'ouvrez que vos yeux.

Elle est plus jeune. Abîmée à un autre endroit. Lui est condamné. Enfermé ici pour quelques années. Jeté par un juge entre les quatre murs de l'art psychiatrique.

la septième lettre

J'ai ouvert les yeux ce matin, mais j'ai trouvé le ciel d'un bleu trop sûr de lui. Ce n'était qu'un plafond de plus. Je vois le Docteur Martinet tous les jours. Aujourd'hui, il était accompagné d'un collègue qui s'est adressé à moi avec une courtoisie pâteuse. Après leur visite, ils ont échangé quelques mots derrière la porte. Je ne me suis pas donné la peine de les déchiffrer. Leurs mots ne savent rien. Tout a fini par un éclat de rire. Ces gens-là se promènent. Moi, je n'ai pas le droit de sortir. On me dit que j'ai failli tuer un homme. Ce n'est pas vrai. Je ne me souviens pas. Je me rappelle, il y a un mois peut-être, quelqu'un que je n'avais jamais vu. Il s'est accroché à mon bras. Je me rappelle du bruit de casseroles de sa *Marseillaise*. Je lui ai dit que la France n'avait gagné aucune guerre, je lui ai dit que la France avait seulement fini de la perdre. Ça faisait trop de vérités pour lui. Il était tellement ivre qu'il était tellement lui. Il titubait comme la lâcheté, il a dit « sale juif », et je l'ai frappé, et je ne me souviens plus, et on m'a mis ici. Il y a du vent cet après-midi. L'herbe s'excite. Les nuages prennent du ventre. Sur les branches, les feuilles parlent pour ne rien dire. Les oiseaux ne se risqueront pas à voler aujourd'hui. De la pointe du cœur, mes hommages, Mademoiselle Reflet.

la huitième lettre

Monsieur Yves,

Oui, vous avez raison. Leurs mots soufflent de l'air.

J'ai bien lu votre lettre, plusieurs fois car votre récit de cette rencontre avec la saleté me fait pleurer. Je la reconnais.

Non, vous n'êtes pas fou, c'est juste que c'est interdit de tuer, même la saleté. Même si elle a tué. Je sais.

C'est pour ne plus la rencontrer que je suis seule aujourd'hui.

Je ne veux plus prendre aucun risque.

Je suis seule pour ne plus sentir, seule pour ne plus parler, seule pour ne plus aimer, seule pour ne plus être aimée. Seule. Seule pour ne plus voir.

Mais maintenant pour vous c'est différent, vous êtes entré sous mes yeux, alors je ne peux pas vous abandonner.

Il passait ses journées à regarder par la fenêtre. Quand l'infirmière lui demandait comment il allait, il avait toujours la même réponse, La vie passionnante d'un homme qui s'emmerde, mademoiselle. *Quand il pouvait penser, il ne pensait qu'à lui écrire. Il écrivait vite. La tête collée à la feuille. Il voulait forcer les mots à parler. Elle écrivait lentement. Elle espérait ses lettres comme un matin de Noël. Elle prenait soin d'elle, se parfumait toujours.*

La neuvième lettre

Je me suis habillé pour venir vous voir. Je n'ai pas de cravate c'est interdit, et ils ont retiré le miroir de ma chambre mais je me suis coiffé face à la fenêtre. Je vous promets que j'étais présentable, Mademoiselle. Dans la cour, j'aurais trouvé une fleur à vous offrir. J'ai appelé l'infirmière, mais elle m'a dit que le règlement interdisait aux hommes et aux femmes de se voir. Je lui ai dit que je le savais, mais que nous devions nous parler. Elle a fermé la porte à clef. Mademoiselle Reflet, ça crie dans la chambre à côté. Les fous tombent tous de la même falaise. Ça crie toujours à la même heure. La terreur est ponctuelle. Il y a trop de cris ici. Et chacun d'eux désespère de ne pas éteindre tous les autres. Mes mains sont fines. Je vous montrerai mes petits doigts, ils se courbent un peu pour dessiner une parenthèse aux huit autres. Je vous prendrai la main. Nous serons nos mains. Il n'y a rien qui compte plus que vous, Mademoiselle

Reflet. Aujourd'hui, le Docteur Martinet m'a dit qu'il fallait un jour ou l'autre renoncer à l'enfance. Les adultes vivent et meurent par ordre alphabétique. Ce qu'il appelle grandir consiste à épuiser le printemps. Je pense à vous, Mademoiselle Reflet. Comme je respire. Je vous embrasse, Mademoiselle Reflet.

la dixième lettre

Cher Monsieur Yves,

Martinet vous parle d'enfance comme il parle d'amour. La seule chose qu'il sait c'est qu'il n'en sait rien car il n'en a pas une seule miette en lui.

C'est drôle de voir comme on peut connaître ce dont on est démuni. C'est de la jalousie, je crois.

Vous rappelez-vous de votre enfance, vous en reste-t-il un morceau ?

Arrêtez d'écouter ce Martinet, il n'est ni amour ni enfance, il est sec et mort. Écoutez mes lettres, elles prendront soin de vous comme une petite berceuse.

Oui, je suis sûre que vous étiez élégant et ce règlement est aussi sévère et vicieux que Martinet.

Il faut pouvoir aimer pour guérir et se réparer.

Le lit était vissé au sol. La table était vissée au sol. La chaise était vissée au sol. L'homme confie au millimètre d'un papier qui se froisse, se déchire, brûle.

la onzième lettre

Chère Mademoiselle Reflet, j'ai eu le droit de sortir. C'était moi hier soir, dans le jardin. Vous étiez à la fenêtre, toujours à votre heure. Vous m'avez salué d'un sourire. M'avez-vous reconnu ? C'était si bref. Il a fallu rentrer ensuite. Il faisait presque noir. Sauf votre sourire, Mademoiselle Reflet. Je l'ai toujours avec moi. Le Docteur dit que je lui semble plus calme. C'est le grand remède, Mademoiselle Reflet, votre sourire. S'il vous plaît, écrivez-moi vite, Mademoiselle. J'adore votre écriture. Je m'allongerai sur les coussins de vos lettres. Vous écrivez beau, Mademoiselle Reflet. Vos lettres sont rondes. Les miennes sont maigres comme des prisonniers de guerre. Écrivez-moi s'il vous plaît et dites-moi si vous aviez deviné que c'était moi, hier soir. Vous n'êtes pas rien, Mademoiselle Reflet. Vous êtes le cœur d'un trop grand cœur. Vous êtes le cœur du cœur, Mademoiselle Reflet. D'où vous aimez les parois sont à des kilomètres, c'est ça qui fait vide, vous êtes au centre, vous êtes le cœur. Écrivez-moi, s'il vous plaît. Moi aussi j'ai souri hier soir. Vous vous rappelez ? Bonjour, Mademoiselle Reflet.

la douzième lettre

Cher Monsieur Yves,

Oui, je crois que j'ai vu votre sourire.

Je suis désolée de vous avoir fait attendre, j'espère que vous ne vous êtes pas inquiété. Mais vous écrivez beaucoup de choses dans une lettre et ça me dérègle.

Vous êtes gentil, Monsieur Yves, de vouloir me rassurer mais non, je ne suis pas le cœur du cœur et oui, je ne suis plus rien. Mon cœur était un cœur carré. Sensible et lucide. Et même s'il est cassé, la mémoire de tout ce qu'il m'a appris et rapporté du monde est intacte.

Je ne parle peut-être pas beaucoup mais ce n'est pas parce que je n'ai rien à dire. C'est parce que je ne veux plus parler, je ne veux plus penser, ni faire remonter à la surface ce que j'ai vu, ce que j'ai rencontré.

Oui je sais des choses, Monsieur Yves, parce que mes yeux voient fort.

une simple question

Que savez-vous, Mademoiselle Reflet ?

la quatorzième lettre

Cher Monsieur Yves,

Votre question me force et je déteste être forcée, ça me donne envie d'attaquer. Cependant je vais vous répondre parce que vous êtes gentil, et je n'attaque pas les gentils.

Qu'est-ce que je sais ? Je sais ce que mes yeux et mon cœur ont vu et, comme je vous l'ai dit, ils voient tous les deux trop fort.

J'ai vu les plus petits qui ont besoin d'être protégés, et j'ai vu la peur qui commandite l'impensable.

Avez-vous déjà aimé, Monsieur Yves ? Avez-vous déjà été aimé ? Avez-vous déjà aimé quelqu'un qui avait besoin de vous ? Avez-vous déjà aimé quelqu'un qui avait besoin de vous pour pouvoir vivre ? Avez-vous déjà eu à sauver ? Avez-vous déjà sauvé ? Avez-vous déjà échoué à sauver ? Avez-vous déjà vu ce que la peur peut faire sur le visage que vous aimez ?

Vous me comprendrez seulement si mes questions vous font mal.

J'avais un petit monde, une petite maison, modestes, simples. Je les aimais. Je les aimais tellement. Mon cœur était gorgé de Beau, d'Amour, de rires et de sourires, de chansons, de parfums.

La peur est arrivée, et sur son passage elle a tout cassé, elle a tout emporté. Elle a tout pris. Elle a raflé la mise comme si quelqu'un avait parié ma vie et avait perdu. Tout s'est écroulé.

Je suis restée seule, enfermée dans mon monde en miettes. Plus de sourire, plus de rire. Seule.

Est-ce que mes questions vous font mal ? Pour vous aider, je dois vous parler transparent. Et transparent c'est douloureux.

Pour réparer il faut être courageux, Monsieur Yves.

la quinzième lettre

Chère Mademoiselle Reflet, je vous demande pardon, je ne veux pas vous dérégler. Le Docteur Martinet a lu toutes nos lettres, et me demande de mettre plus de raison dans mes propos, il dit que la poésie est une affaire de raison, et que je ne retrouverais une paix intérieure qu'à condition de confier mon âme à la volonté d'organiser ma parole. Sans quoi, si je ne fais pas cet effort, il se verra contraint d'interrompre cette correspondance. Et c'est ce que je veux le moins au monde. Vous êtes dans la vapeur de chaque minute qui passe. L'infirmière dit que vous avez bien de la chance de recevoir ces lettres, mais qu'il faut aussi faire attention à ne pas laisser le désordre envahir la pensée, qu'il serait dommage que le Docteur se retrouve dans l'obligation d'arrêter ces échanges. Elle m'a aussi avoué que malgré votre tristesse, vous souriez toujours avec beaucoup de joie quand elle vous tend mes courriers. Vous me demandiez la fois précédente s'il me restait un morceau d'enfance. C'est vous Mademoiselle, c'est vous écrire. Hier soir avant de dormir, je relisais vos lettres. J'ai essayé d'imaginer votre voix. Elle était dans ma bouche. Comme un morceau de sucre imbibé de fleur d'oranger. Vous aimez tellement les fleurs. À bientôt. Au revoir, Mademoiselle Reflet.

la seizième lettre

Cher Monsieur Yves,

Ils n'ont rien compris, ils ne comprennent pas ! Ils ne vous comprennent pas ! Ou alors si, justement, ils comprennent très bien !

Comment ça moins de poésie ? Comment ça plus d'organisation, plus de raison ? Comment ça du désordre dans vos lettres ?

Je savais bien qu'il ne fallait plus que je parle de moi ! Je m'en veux, Monsieur Yves. Ils vous font croire qu'ils se soucient de moi et que vous me faites du mal.

Ne les croyez pas !

Vous ne me faites pas de mal, c'est simplement qu'il y a beaucoup de Beau dans vos lettres. Je ne suis pas faible, je suis à vif. Je bascule quand les choses sont trop intenses. C'est idiot, il y a une anomalie chez moi. Mes yeux et mon cœur me rapportent des choses que je ne peux pas supporter. C'est un défaut de fabrication.

J'écris ma lettre en gardant la vôtre sous les yeux pour être certaine de bien viser leurs mots affreux. Je vais leur parler, leur dire que je vais bien et je leur expliquerai que je me suis trompée.

Je vais réparer. Ne changez rien. J'espère que vous me pardonnerez ces problèmes que je vous ai causés, je ne le voulais pas. Pardonnez-moi, Monsieur Yves.

En tout cas, je suis heureuse que mes lettres rondes vous calment.

Bonne journée, Monsieur Yves

la dix-septième lettre

Chère Mademoiselle Reflet, le temps court devant nous, fait mine de nous attendre et dès que nous sommes à sa hauteur, reprend sa course toujours devant, la tête tournée vers nous. Le temps a un temps d'avance sur nous. C'est trop long ces jours sans vous écrire, mais depuis votre dernière lettre, le Docteur Martinet me l'a interdit. Et je n'ai plus le droit de sortir de cette chambre. Si vous pouvez me lire, c'est grâce à la gentillesse de l'infirmière. Elle prend des risques en désobéissant au Docteur. C'est elle qui me donne ces belles pages blanches que je peuple de vous. Elle vous donnera cette lettre et vous la lui rendrez après l'avoir lue. Le Docteur Martinet ne doit pas savoir. Mademoiselle Reflet, ma tête accélère, d'une pièce à l'autre, d'une angoisse à l'autre. Quand je crois avoir vaincu une première angoisse, quand je crois avoir claqué la porte derrière elle, un courant d'air ouvre la suivante et ainsi de suite. Mademoiselle Reflet, je profite, pour la première fois puisque personne d'autre que vous ne lira cette lettre, pour vous dire combien je vous ai trouvée belle. Et si je dis cela, ce n'est pas à cause de cette solitude sans femme à laquelle je suis condamné, mais parce que vous êtes belle. Votre visage. La pente délicate de votre nez, les vagues reposées de vos lèvres reposées, votre menton décidé de douceur. Vos yeux perdus à la déchirure de l'horizon. Et l'autre soir, il y a si loin maintenant, quand vous m'avez souri, et votre sourire est venu se poser sur moi. Et si je devais être ici pour être fou, je le deviendrai pour ce sourire, Mademoiselle Reflet. Je ne suis pas fou, Mademoiselle Reflet. Le Docteur Martinet piétine mon âme de mots derrière lesquels il se tient. Et les mots sont en embuscade et m'attrapent par le col, et m'arrachent la chemise et me jettent par terre, et les mots se servent de mots pour me faire oublier qui je suis. Je ne suis pas fou, Mademoiselle Reflet. Je suis piétiné. Et si je me relève, et je me relève, Mademoiselle Reflet, c'est pour votre visage, pour un jour embrasser le silence de vos lèvres. Et pour votre cœur, pour l'entendre battre tranquille et lointain comme un bateau dans la nuit. Mademoiselle Reflet, je ne suis pas fou. C'est le Docteur Martinet qui dit que je suis fou. Il le dit avec son carnaval de mots, mais il le dit. Mais moi ce que je vois, c'est que c'est lui qui a peur des fous. Comme tous les psychiatres. C'est pour ça qu'ils prétendent nous soigner, et nous enfermer. C'est eux qui ont peur. C'est pour ça qu'ils nous enferment, c'est pour être sûrs d'être à l'abri. Mademoiselle Reflet, je ne suis pas fou. J'ai juste vu le monde avec des yeux qui n'ont pas le pouvoir d'effacer. Mais il y a vous, Mademoiselle Reflet. Belle, lucide, calme, et ce sourire qui ne s'arrête jamais, et je m'endors avec et ne puis dormir que si je le vois, et je le vois, et vous êtes là, Mademoiselle Reflet. Sans vous, je suis un poisson noyé dans un bassin de miel. Mais vous êtes là. Et le Docteur Martinet peut me parler d'électrochocs, mais ça ne prend pas avec moi. C'est lui qui a peur. Il a peur d'avoir des yeux. Alors il étouffe dans la gelée du peu qu'il croit savoir sur nos âmes. Il paraît qu'avec l'électricité, ils obtiennent de bons résultats. Mademoiselle Reflet, est-ce que ça s'arrête un jour ? Mademoiselle Reflet, ça s'arrête quand vous me souriez. Mademoiselle Reflet, pardonnez-moi, je vous aime. J'ai demandé à l'infirmière, elle m'a dit qu'elle essaiera, que nous pourrons nous voir. Il faut être patients. Elle va faire son possible. J'ai hâte d'entendre votre voix. On se parlera, Mademoiselle Reflet. Ce sera peut-être un peu le désordre au début. Mais on ira quelque part ensemble avec les mots. Et on sortira d'ici avec les mots. Bientôt, Mademoiselle

Reflet. Et on ira où le soleil se couche et on boira un verre de feu, Mademoiselle Reflet. Et je vous embrasserai, Mademoiselle Reflet, si vous voulez bien. À l'endroit pile où le silence se pose. Pile à l'équateur de vos lèvres.

Il avait peur. Le docteur Martinet ne ratait jamais l'occasion de l'effrayer en le rassurant. Il avait tellement peur. Elle avait tellement peur pour lui.

la dix-huitième lettre

Si cher Monsieur Yves,

La cruauté de Martinet est insupportable, je ne peux pas vous laisser plus longtemps sans réponse et sans aide. J'ai attendu, de peur de ne pas trouver les mots justes et précis qui vous aideraient, mais face à ce « carnaval de mots » comme vous dites, il faut vite s'armer.

Martinet vous attaque ? Il faut marcher sur chaque syllabe, à peine prononcées, les écraser, les étouffer. Ses mots n'auront même pas l'occasion d'exister. Vous serez hors d'atteinte. Croyez-moi Monsieur Yves, face à ces mots-schlag, vos armes seront le silence et la musique, il va falloir être fort, vous y arriverez.

Vous devez avoir l'impression que je vous parle comme à un enfant et c'est vrai, mais c'est parce que c'est comme ça que je sauve le mieux. En même temps, je sais que vous n'êtes pas un enfant, mais votre âme est rare et précieuse, comme celle des enfants.

Avez-vous eu la chance d'avoir des enfants, Monsieur Yves ?

Connaissez-vous une chanson qui endort, une chanson qui éteint les larmes, qui moque la terreur ? Je suis sûre que vous en connaissez une. Fermez tous vos sens et ne gardez qu'elle. Chantez pour vous comme vous chanteriez à un enfant face à ses monstres.

Vous serez le Chevalier au Silence qui n'entend que la musique. « Chevalier au Silence, Qui n'entend que sa musique », c'est le refrain que j'ai appris à mes enfants.

Martinet n'est qu'un grand vide, il le sait, ne vous faites pas attraper.

Répondez-moi vite pour me donner de vos nouvelles.

Bonne journée, Monsieur Yves.
J'ai confiance en vous.

la dix-neuvième lettre

Mademoiselle Reflet, les électrochocs, le peu qu'il me restait d'âme a craqué, s'est déchiré comme la banquise. Je ne suis plus à moi-même qu'un astre mou. Je fonds, Mademoiselle. Ma mémoire, ils ont effacé votre visage. L'infirmière me rassure, dit que vous êtes charmante. Je n'ai plus que vos lettres. Je n'aurai pas le droit de sortir avant longtemps. Le Docteur Martinet se tient droit comme l'ignorance et me regarde d'aussi loin qu'il peut. Il compatit et pleure comme un préfet aux obsèques d'un sous-préfet. Je suis épuisé. Mais j'ai trouvé. Je peux partir d'ici. Il y a le rire. Je vous offre mes dents, Mademoiselle, et de la musique, celle que vous m'avez donnée. Je n'en peux plus du bruit des autres. Les savates. Derrière la porte. Le bruit des savates dans le couloir. La vie se traîne sans rien creuser. Le bruit des savates sur le sol. Moi je volerai. C'est le rire. Je vous jure, c'est le rire.

L'infirmière m'a appris que vous devriez bientôt quitter cet asile. Je suis si heureux pour vous. C'est fini les savates. Je vous aime Mademoiselle Reflet.

la vingtième lettre

Si cher Monsieur Yves,

Il n'y a qu'un seul électrochoc ici, c'est celui que vous avez provoqué sur moi avec vos lettres.

Aucun électrochoc n'est pratiqué ici, sachez-le. Et ce ne sont pas des électrochocs qui ont servi à Martinet pour vous martyriser, ce sont ses mots. Ces mots qui blanchissent le cœur et le visage. Ils trouvent toujours la porte d'entrée, c'est leur instinct. Il va vous falloir la repérer et la condamner, la verrouiller. Et verrouiller cette envie de vous en approcher.

Ce n'est pas difficile mais je vous préviens, c'est douloureux.

Elle se trouve là où on a mal. Et ne surestimez pas ses mots, ils sont lâches, ils ne rentrent que si on leur ouvre. Ils n'attaquent pas, ils rampent. C'est tout ce qu'ils savent faire. Ils n'attaqueront jamais la porte fermée, ils s'écraseront dessus.

Avez-vous peur d'être seul, Monsieur Yves ? C'est souvent là que se trouve cette porte. Soyez fort.

Monsieur Yves, non, je ne sors pas, je veille, ne vous inquiétez pas. Vous allez bien, ne vous en faites pas, mon visage est là, il va revenir.

la vingt-et-unième lettre

je suis la page blanche après l'ouragan je
mourrai recouvert de moi les psychiatres et
l'orgueil de panneau publicitaire mes échos
entassés ma parole de la tentative de s'éterniser
mon destin enroué de ta voix l'avalanche
de ton corps Papa, prix Nobel d'apocalypse
crispé comme un tango la crevaison
du rire se retrouver où l'on demeure je
t'embrasse d'avenir perplexe un retard
d'éternité au verso et tu auras beau
arracher le lierre du silence la
musique postillonne sur le silence aveugle
à la confiance je lève la tête et je ne vois
que les semelles de Dieu la vérité trébuchante
ainsi parlementent les détails sur le dos du cercle
on exagère le soleil le trou d'épingle
de mon vœu ton visage
de la parole des autres l'absence s'est
frayé un chemin j'écrirai

au plafond la terre d'où je suis on s'est
retrouvés sur les points de suture de ta discrétion
d'étoile la cruauté des surfaces poudre
de foi la langue de la lune sur l'aluminium
de la mer j'ai entendu un carrossier
redresser une cathédrale je
suis l'accusé, l'avocat, le juge, le condamné
les noyés chantent la bouche pleine
je vous aime Mademoiselle Reflet, tu
es la seule eau

la dernière lettre

Cher Monsieur Yves,

Je ne reconnais pas le parfum de votre lettre, cela m'inquiète. Vous me rappelez ces bourgeons qui hésitent à continuer leur aventure.

Je vous en supplie, arrêtez de vivre dans ces décombres que Martinet a fait de vous. J'espère que mon inquiétude est une erreur. Mais vous ne riez pas. Vous parlez court, et toujours Martinet l'inutile dans vos mots.

Vous êtes mon souffleur de verre, j'étais des grains de sable éparpillés et vous m'avez soufflée, rassemblée. Vous ne pouvez pas quitter les yeux que vous avez vous-même réveillés. Et puis mon courage vous oblige.

Je vais vous éclairer, mais très vite, car je n'aime pas raconter.

Un jour mon mari est rentré avec des yeux qui ne lui appartenaient plus et un visage saccagé. J'ai juste eu le temps de comprendre. Je devais cacher mes enfants, il fallait faire vite, je n'avais pas le temps d'attendre. Je suis partie sans lui.

J'ai rencontré une femme qui nous a recueillis sans hésiter, parce qu'elle dit que les personnes de cœur se reconnaissent entre elles. Elle m'a conseillé de venir me réfugier ici pour me réparer et reposer mes yeux et elle m'a promis de veiller sur mes enfants le temps que je reprenne des forces.

Ils sont hors d'atteinte, ils avancent en chantant le refrain du Chevalier au Silence. Ils ne sont pas loin, je les retrouverai bientôt, je vous les présenterai, ils vous aimeront.

Je suis impatiente d'entendre votre éclat de rire. Il sera un écho, je l'entends déjà.

Et puis, il faut que vous entendiez ma voix.

Je m'appelle Tsipora.

Elle est partie. Elle a quitté l'hôpital sans pouvoir lui parler. Interdit. Il a demandé son adresse à l'infirmière. Pas le droit. Il ne pouvait plus lui écrire. Il s'est mis à bégayer. Tsipora je bégaye ton nom je bégaye.

d,10

S
P
L
E
N
D
I
D

H
O
T
E
L

Ça s’écrit comme ça.

Il me suffit de t’entendre, quelques mots à peine, quelques phrases, les embruns de ta voix, pour me donner le souffle de croire que moi aussi je peux m’emporter, t’emporter, te prendre avec moi dans les rapides de la parole, dans le bruit des cailloux que la rivière secoue, pour m’élever au-dessus d’un ciel où pour la première fois je ne suis plus la proie d’une vie abreuvée de salive. Et je te promets, et je promets au soleil qu’il te reverra nue à la fenêtre de cette chambre qui n’existe que pour toi et moi. Et que nous nous surprendrons encore en flagrant délit d’une paix plus large qu’un fleuve. Et je te promets, de ce lit d’où je te regarde, d’où je t’observe, d’où je te dessine, où la lumière d’or tremble de froid dans le relief planétaire de nos draps, que notre vie sera ce sublime bordel qu'on va laisser en quittant cet hôtel. J'adore tes seins. J'adore ton ventre. J'adore ton corps, j'adore ton cul. Je m'en empare. J'embrasse. Je ne connais rien d'aussi bon, à part le Panettone.

Ce livre ne va pas plus loin

Il racontait l'histoire d'un homme qui vécut secoué
de livres en rêves, d'astres en trésors
conscient, fou, juif, inuit
au sommet d'une petite pile de délires,
de sentiments et d'océans

Marielle Rubens écrivit, imagina, me confia Tsipora
c'était beau à faire ensemble
chacun de son côté, écrire sans reculer

Table

PAPIER CERTIFIÉ

Achevé d'imprimer par Laballery,
en mai 2024
N° d'imprimeur : 405105
Dépôt légal : août 2024

Imprimé en France